灵魂有香气的女子

李筱懿 著

花城出版社

中国·广州

果麦文化 出品

女人的灵魂，
怎样才算有香气

《灵魂有香气的女子》这本书已经出版多年，甚至，它的书名已成为一个热词和标签。

很多人问我：到底什么样的女人才是"灵魂有香气的女子"？你写的女人们很多不仅不完美，还有各种缺点和槽点，哪算"灵魂有香气"？

可是，我原本就没有打算写完美的女人。

或者，我们谁又见过绝对完美的女人？

1. 给善良的天性安装防护网

我一直认同善良是女性的底色，可是，我越来越认同，善良既需要资本，也需要自保的能力。

当张幼仪的标签还是徐志摩的原配，中国近代著名政治家、金融家张嘉森和张嘉璈的二妹，硖石首富徐申如的儿媳妇时，她恪尽本分非常善良，陪着婆婆终日不出门在后院纳鞋底，无怨无悔地等待一年只在寒暑假回家的老公，她粗糙地对待自己，好东西都让给长辈和丈夫。可是，她的丈夫徐志摩依旧理直气壮地婚外情，他不爱她，却不妨碍他让她再次怀孕，不顾危险要求她去堕胎，振振有词地对她说："还有人因为火车肇事死掉，难道你看到人家不坐火车了吗？"

公婆对她的认可仅限于觉得她是个好媳妇，听话，并且能生孙子。

她的兄弟们对她的照料是准备一节火车厢都塞不下的嫁妆。

她快乐吗？她委屈吗？她可以有更好的未来吗？

没有人在意。

她的奉献被当作习惯，善良被视为应该，牺牲被看作本分。

后来，她在德国读书，出任上海女子商业银行副总裁，中国第一个快时尚女装"云裳"创始人，她做的依旧是那些事，上孝父母下抚儿女，可是大家的评价突然就变了。

一向看不起她的前夫说："她是一个有志气有胆量的女子，这两年来进步不少，独立的步子站得稳，思想确有通道。"

她的前公公婆婆执意要求与她同住，他们把财产分成三份，依旧把她当成一个家庭成员对待。

甚至，她在前夫徐志摩飞机失事去世后，替他照料了失去收入来源的遗孀陆小曼，替他出了第一部完整的《徐志摩全集》。

她还是那个她，世界却对她变了脸。

生活很公允，可是，生活同时也很势利。

一个女人在别人心目中的分量，除了善良、美丽这些自然因素，还有很多社会化的标签，有时候，你是谁，比你做了什么还重要，甚至，因为你有价值，你的善良、牺牲、奉献，甚至爱情，才有价值。

灵魂有香气，不仅仅是善良，更是让善良多一个选择的余地：对别人心存善意，也不委屈自己，当你感受不到同等的友好，有能力选择转身离去。

苦逼的善良，不必要，也不需要。

2. 珍爱自己，懂得让自己高兴

唐瑛是和陆小曼齐名的民国名媛，但是，唐瑛远远没有那么多绯闻和坎坷，她恰到好处的感性和理性，让自己的生活和名声都没有落上多少尘埃。

她出身富裕，从小会钢琴、舞蹈和戏曲；她第一次婚姻并不如意，没关系，收拾心情拾掇好自己继续往前，最终遇到一个情趣相投的伴侣；她再美也会变老，但是，老了并不代表邋遢，她高高兴兴地带孙子们看戏看电影，给他们做点心。据说，她炒的芹菜牛肉片比饭馆做的还好吃；她八十三岁去世，晚年没有用过保姆，自己把一切打理得清清爽爽、干干净净。

这个老太太，当年一度是上海风头无两的名媛啊，衣服多得像个展览馆。她在百乐门跳舞，足尖飞旋中掉了舞鞋，当年的小报津津乐道这双金贵的鞋子，据说价值两百块大洋。

可是，她珍爱自己的方式绝不仅仅是舍得为自己花钱。

生活漫长，谁能一直顺遂？但是，别让这些不顺遂全部像风霜一样刻在脸上，要具备让自己在不同环境下都能开心的能力，富裕有富裕的过法，困顿有困顿的处理，你对生活板着脸，它也不会对你笑啊；你把一颗心全放在丈夫、孩子、父母、工作上，也得给自己留点空间，即便奉献是好女人的必修课，但先把自己过好了，才有能力照顾好别人啊。

我们不能活得本末倒置，忽视自己，关注别人，一颗心全吊在其他人、其他事上。

灵魂有香气，是珍惜自己的付出，不为不值得的人与事纠缠，即便暂时选错了职业、爱人甚至生活方式，依旧有能力纠错。

灵魂有香气，也是爱惜自己的羽毛，把自己当作珍宝，稍微自恋点也没关系，至少我们高兴啊，自己高兴了，才能看到天空的蔚蓝和大地的碧绿，不然眼前全是灰蒙蒙的。

3. 进退自如，得体有度

1933年，胡蝶以21334票当选"电影皇后"，这是她人生的巅峰。她登上各种时尚杂志封面，她穿的旗袍戴的首饰一出街就是爆款；娱乐八卦关注她的一举一动，把她的打扮从头到脚做分析，甚至，她的酒窝都成了美女标配。

但是，她很清楚，总有掉下来的时候。

她四十多岁依旧活跃在银幕上，认真地演一些与自己年龄身份相称的角色，绝不装嫩，所以五十二岁还拿了第七届亚洲电影节最佳女主角；她和丈夫一起经营"蝴蝶牌"热水瓶，谁说大明星就放不下架子呢？她因为和戴笠的绯闻被非议，还有人说她的丈夫潘有声被戴笠主管的货运稽查处免费放行，大发横财，她也没有声嘶力竭着急辩解，晚年才说："我并不太在乎，如果我对每个传言都那么认真，我也就无法生存下去了。我和张学良跳舞的事，闹了近半个世纪，现在不都澄清了吗？"

对于女人，比美丽更稀缺的是"得体"。

话讲多了，自嘲地笑笑，把话题收回来；事做错了，光明正大道个歉，迅速扭转；自己做主角，光彩照人，镇得住眼前的场子；给别人当配角，不抢风头，搭好面前的梯子；知道什么年龄、什么时间该做什么事，不会在年轻的时候活得老气横秋，盛年时畏首畏尾，更不会在老年时感伤颓废，反而成了长不大的孩子。

多少女人，一辈子都在纠缠些无谓的东西。

灵魂有香气，是不拧巴不紧绷，与生活握手言和，不再为难自己和别人，找到宽紧适度、进退自如的手感。

这就是"得体"。

4. 投资自己，更有眼界

女人对自己真正的投资，就是买两个包、几双鞋和一柜子衣服吗？

这些是投资的一部分，但绝对不是全部。

民国最特立独行的女子吕碧城，受过最好的教育，做过袁世凯总统府女秘书，借助人脉做外贸，成为当时最成功的女商人，她怎么投资自己的呢？

当然，她也买衣服，她穿着那个年代罕见的大露背晚礼服，拖着长长的裙裾踏上自己买的私家车去舞场，一路引人注目，她丝毫不在意，还有理有据写了篇《说舞》的文章登报——你们觉得正确的事，难道就是唯一的标准？我不觉得，我有自己的底气和标准。

她两度旅居国外。

第一次自费去美国哥伦比亚大学研习美术、进修英语，还兼任《上海时报》特约记者，把看到的美国各种情态发回国内，让中国人和她一起看世界；她住在纽约最好的酒店，房租昂贵，据说西方人下榻也不会超过七天，可她一住就是六个月，有能力的时候，为什么不给自己最好的？

第二次她周游法国、瑞士、意大利、奥地利、德国、英国，把见闻写成《欧美漫游录》，发给北京的《顺天时报》和上海的《半月》杂志连载。甚至，她作为唯一受邀请的中国人前往维也纳，参加"万国保护动物大会"，并登台演说。

投资自己，实际上是投资自己的眼界，眼界宽广，生活才会变大，才能宽容自己和别人都以不同的姿态成长。

灵魂有香气，是了解世界的广阔，不把自己的困扰、情感、憋闷太当回事儿，生活是个特别大的多项选择，亲情、爱情、友情、事业、健康、爱好等，都并不是唯一的答案，不要把自己活成只有一个支点的女人。

5. 完美女人是个神话

我相信这个世界上有相对完美的人，但我同样相信他们的完美来自后天诚恳的修炼，在时光的冷水里默默淬去曾经的火暴和焦躁，变得光亮，有硬度、强度，也有韧度。

我相信有缺点的人性更真实可爱，一个女人"灵魂有香气"并不因为她没有缺点，而是，她有一个，或者几个独有而显著的优点，这些优点专属于她，无论她在岁月里蒙了多少灰尘，轻轻抖落，依旧是一个有意思的人。

灵魂有香气，是有独一无二的灵魂和独一无二的香气，这是女人的辨识度，她们因为自己独特的优点、缺点、泪点、痛点和槽点，成为个性飞扬的自己，而不是面目模糊的别人。

我深信，这样的我们不完美，却都是灵魂有香气的女子。

你的朋友：李筱懿

目
录

张幼仪：
坏婚姻是所好学校

古往今来，婚姻状况差得过张幼仪的女子恐怕也没几个。

梁实秋曾描写徐志摩："他饮酒，酒量不洪适可而止；他豁拳，出手敏捷而不咄咄逼人；他偶尔打麻将，出牌不假思索，挥洒自如，谈笑自若；他喜欢戏谑，从不出口伤人；他饮宴应酬，从不冷落任谁一个。"

但是，随和潇洒的诗人对待自己不爱的结发妻子，却冷漠残酷极了。

婚后四年，他们相处的时间加在一起大概只有四个月，都是在他的假期。

空旷的院子里，徐志摩伸长了腿坐在椅子上读书，时而自言自语，时而颔首微笑，她在他旁边默默地缝补东西，心里期待和他说上一句话。可是，他宁愿招呼仆人，也不对她说半个字，那时的她年轻、胆怯，于是，更加沉默地咽下绝望。

她到马赛看他，他穿着黑大衣，围着白色的丝巾，虽然她从来没有见过他穿西装的样子，还是一眼就从人堆里认出了他，因为"他是所有接船的人当中唯一露出不想到那儿的表情的人"。她的心凉了一大截。

在国外，他总对她说"你懂什么，你能说什么"；飞往伦敦的飞机上，她因眩晕而呕吐，他嫌弃不已："你真是个乡下土包子。"他冷酷地要求离婚，完全不顾她已经怀孕，她说："有人因为打胎死掉。"他答："还有人因为火车肇事死掉，难道你看到人家不坐火车了吗？"

她在德国生下二儿子彼得，身边没有一个人照顾，他却追到柏林要求离婚，还写下了那句著名的"无爱之婚姻忍无可忍，自由之偿还自由"。

当她提出想征得父母意见后再离婚时，他急了，他一迭声地说："不行，不行，你晓得，我没时间等了，你一定要现在签字，林徽因要回国了，我非现在离婚不可！"直到那一刻，她才知道自己丈夫真正爱的人是谁。

最终，她成全了他。

她在离婚协议上迅速地签好字，眼神坦荡地递还他说："你去给自己找个更好的太太吧！"

他欢天喜地地道了谢，提出去看看刚出生的孩子，他在医院育婴室的玻璃窗外看得神魂颠倒，却丝毫没有想到刚产子离婚的她该怎样抚养他的骨肉。

他成了民国历史上"文明离婚"第一人。不过，在这段残酷的过程中，却丝毫看不到那个写出"我是天空里的一片云，偶尔投影在你的波心"的诗人式的浪漫与文明。

看着他避之唯恐不及地逃离，你会以为她是多么不堪的女子，可是，恰恰相反，在这段婚姻中，他才是真正高攀的那个。

她家庭显赫，兄弟姐妹十二人，八男四女。大哥张嘉保是上海棉花油厂老板；二哥张嘉森在日本留学时与梁启超结为挚友，回国后担任《时事新报》总编，还是段祺瑞内阁国际政务评议会书记长和冯国璋总统府秘书长；四哥张嘉璈二十八岁即出任中国银行总经理，是金融界的实力派，力挽狂澜打赢了北洋时期的金融战争，后来担任国民政府铁道部部长；九弟张禹九是著名的新月书店老板，在海派文坛久负盛名。

为了让她嫁得体面风光，在夫家获得足够的重视，娘家人用心良苦，特地派人去欧洲采办嫁妆，陪嫁丰厚得让人咋舌，光是家具就多到连一节火车车厢都塞不下，是她神通广大的六哥安排驳船从上海送到硖石。

至于他，不过是硖石首富徐申如的儿子，想拜梁启超为师，还要通过显贵的大舅子牵线搭桥。

可惜，所有的努力都无法让他爱她，哪怕只是微乎其微的一点点。

只是，不爱一个人是一回事，肆意伤害一个人却是另外一回事。

嫁给一个满身恶习拳脚相加的无赖算不算坏婚姻？充其量是遇人不淑吧，坏在明处的人伤得了皮肉伤不了心。

但他不同，对别人是谦谦君子，唯独对她，那种冷酷到骨子里的残忍不仅让人心碎，更导致她对自身价值的极度怀疑与全盘否定：目己果真如此不堪吗？自己做什么都是错的吗？自己没有别的出路吗？

同时代的女子，朱安一生坚守，把自己放低到"大先生"鲁迅的尘埃里，却始终没有开出花；蒋碧微果决了断，却在不同的男人身边重复了同样的痛苦，落得晚景凄清；陆小曼不断放纵，沉湎于鸦片与感情的迷幻中，完全丧失了独自生存的能力。

唯独她，这个当年被丈夫讥讽为"小脚与西服"的女子一边独自带着幼子在异国生活，一边进入德国裴斯塔洛齐教育学院读书。虽然经历了二儿子彼得的夭折之痛，但离婚三年之后，徐志摩在给陆小曼的信中再次提到这位前妻时却赞叹："她是一个有志气有胆量的女子，她这两年来进步不少，独立的步子已经站得稳，思想确有通道。"

得到一个曾经无比嫌弃自己的男人的真心褒奖是多么艰难的事，华丽的离婚分割线之后，她的人生开始有了鲜花与掌声。

她出任上海女子商业银行副总裁，借助四哥张嘉璈的人脉帮助女子银行走出困境。

每天上午九点，她的身影准时出现在办公室，下午五点，老师又来为她补习文学和古籍。她总是最迟离开办公室，并且，特意把办公桌安排在最里面，便于对所有的业务明察秋毫。曾经，她心里最大的遗憾是没有接受良好的教育，没有系统学习新派的知识，不能像他爱恋的女子那样既渊博又俏皮，如今，她一定要为自己补上这缺失的一课。

离婚后的她简直像一出励志大剧。

人生为她关上了婚姻的大门却打开了事业的窗口，她在金融业屡创佳绩，在股票市场出手不凡，甚至，她创立的云裳时装公司还成为上海最兴隆的时尚汇集地，陆小曼、唐瑛等当时的名媛都在那儿做衣服，虽然她们的人生和她完全是两个方向。

1953年，独自尽完上孝父母下抚儿子阿欢的职责之后，一位名叫苏纪之的香港医生向她求婚，她征求儿子的意见，阿欢回信：

"母职已尽，母心宜慰，谁慰母氏？谁伴母氏？母如得人，儿请父事。"

曾经怎样的付出才会赢得儿子在再婚的敏感问题上如此善解人意的支持？如果人生是一颗秀逗糖，她已经尝完了酸涩的外壳，开始感受甜蜜的味道。

匪夷所思的是，离婚之后，她与前夫的关系反而得到了改善，他们终于在另外一种关系中找到了平衡和默契。

因为阿欢和徐家二老，两人经常通信见面，像朋友一样交往，她十五岁嫁给他，为他操持家务、生儿育女、孝敬高堂，他对她虽然没有爱情，却在她漂亮转身之后有了尊敬。

她对他，一直是剪不断理还乱。她抚育着他们共同的孩子，照顾着他的父母，关心着他的点滴——报刊上关于他的报道，她看到，便精心地剪下来，压到办公桌的玻璃板下，犹如当年在庭院深深的徐家老宅里耐心地绣织云朵。

而他，则在她的云裳公司中出资入股，把自己的朋友介绍给她担任公司的服装设计。1931年11月18日，他来到云裳时装公司，拿他定做的衬衫。得知他第二天要搭乘中国航空公司的邮政飞机返回北平，她心中不安，劝他不要坐这种免费飞机，他大笑着说，不会有事的。

她不知道的是，他已经在外面流浪了好几天，因为和陆小曼吵架，他被他的爱妻用烟枪砸掉了金丝眼镜，当然，她更不会知道，这是他们最后一次见面。

11月19日中午，大雾弥漫，他搭乘的飞机在济南党家庄附近触山爆炸，机上连他一共三个人，无人生还。

噩耗传来，陆小曼哭死过去，拒绝接受现实，还把报噩耗的人挡在门外。无奈中，送信的人只好去找她这个前妻。她以一贯的冷静对事情做了妥帖安排：让八弟陪十三岁的阿欢去济南认领遗体。公祭仪式上，陆小曼想把徐志摩的衣服和棺材都换成西式的，她坚决拒绝。

至于他生前的女神林徽因，则遣梁思成拿回一块飞机残骸，永远地挂在卧室。

和那些他爱的女子不同，她或许不够有趣，却诚恳务实；她或许不够灵动，却足以信赖；她或许不够美丽，却值得托付。

他是一首风花雪月的诗，而她，则是一个踏踏实实的人。

婚姻的神奇之处在于点金成石，温柔被经年的婚姻一过滤便成了琐碎，美丽成了肤浅，才华成了卖弄，浪漫成了浮华，情调成了浪费。很难见到夫妻多年还能够彼此欣赏相互爱慕，即使恋爱炙热如徐志摩和陆小曼，婚后一语不合也烟枪砸脸。

糟糕的婚姻可怕吗？它不过像一所学校，你在其中经历了最钻心的疼痛、最委屈的磨炼、最坚韧的忍耐、最蚀骨的寂寞、最无望的等待。以这样饱经考验的心面对未来，还有过不去的坎吗？

最怕永远面对的是过去，背朝的是未来。

1996年，她去世八年后，她的侄孙女张邦梅写的英文版传记《小脚与西服：张幼仪与徐志摩的家变》出版。书中，她这个从婚姻中突围并升华的女子坦陈："我要为离婚感谢徐志摩，若不是离婚，我可能永远都没有办法找到我自己，也没有办法成长。他使我得到解脱，变成另外一个人。"

她长眠在纽约绿树成荫的"芳诺依福"（FERNOEIFF）墓园，墓碑上刻着她最终的名字：苏张幼仪。梁实秋在《谈徐志摩》一文中评价她："她沉默地、坚强地过她的岁月，她尽了她的责任，对丈夫的责任，对夫家的责任，对儿子的责任——凡是尽了责任的人，都值得尊重。"

· 治愈你 ·

什么是好姑娘？知书达理、温文典雅、克己复礼、贤惠善良……当然，这只是定语中极其微小的一部分，因为，只有好姑娘才能赢得好婚姻。

真的吗？如果世间事如此顺理成章，又何来张幼仪的苦痛？

她是个隐忍的好姑娘，可是婚姻并不因为她的"好"而变"好"。

你永远拥有从一段不愉快婚姻中解脱的主动权，如张幼仪一般，为人生按下一个"重启"键。

陆小曼：
月亮的光华，终究不能永恒

一次，出差苏州，一切安置妥当还余下大半天的闲暇，拙政园之类的景点早已逛遍，便想着上哪儿打发这多出来的浮生半日。

正巧手边带着本《陆小曼画传》，提到她葬在苏州东山的华侨公墓，半是唏嘘半是好奇，出门打了辆车直奔而去。

初到陵园，满眼的郁郁葱葱，亭台阁榭小桥流水，风含情水含意的腔调倒似足了公园。我猜想，以陆小曼的华丽招摇，她的身后之地应该别致而隆重。抱着这个念头竟然遍寻不见，倒是偶遇了董竹君、乔冠华、陆文夫的碑铭，不得已找管理员帮忙，终于，在一个不起眼的角落找到了她的纪念墓。

出乎意料地简陋和窄小，碑面几乎被"先姑母陆小曼纪念墓"几个大字占满，字迹稚拙而朴素，旁边一帧椭圆形黑白小像，眼波流转，短发齐耳，很清丽。

只是，分毫没有当年十里洋场顾盼神飞的名媛派头。

"名媛"大约是全世界女子都渴慕的幸福职业。

不用朝九晚五混职场，不必锱铢必较操持家，只要装扮得优雅得体，待人接物雍容大方，懂一两门外语，会一两项才艺，便能在社交场呼风唤雨，收获爱慕与掌声。只不过，她们也有自己的BOSS。

第一个BOSS是父亲，他的起点决定了"名媛"是否拥有与职业匹配的家庭出身和教养，也为"名媛"奠定了嫁给"名流"的基础；第二个BOSS是丈夫，他的高度决定了"名媛"最终的职场地位，和能否把这个职位持续稳固地做下去。所以，选对BOSS至关重要。

作为民国时期"南唐北陆"名媛的代表，陆小曼的职业起点很高。父亲陆定毕业于早稻田大学，与曹汝霖、袁观澜、穆湘瑶等民国名流是同学，也是日本首相伊藤博文的得意门生，担任民国财政部司长和赋税司长多年，还是中华储蓄银行的主要创办人；母亲吴曼华也是名门之后，多才多艺，既善工笔画，又有深厚的古文基础。

她1903年出生在上海南市孔家弄，比张幼仪小三岁，比林徽因大一岁，是家里九个孩子中的第五个。可是，这些孩子都在幼年和青年时期早逝，她便成了家中的独女，备受娇宠。

这个皮肤白皙、眉清目秀的小姑娘完全被按照"名媛范"培养，接受了当时最好的教育，七岁进北京女子师范大学附属小学，九岁上了北京女中，十六岁到圣心学堂学习，她精通英文、法文，能弹钢琴，长于油画，还师从刘海粟、陈半丁、贺天健等名家研习国画。

为了开阔眼界，父亲甚至把她送去外交部实习。

外交部的实习岁月，或许是她一生中才华与兴趣都得到充分尊重与显露的最美好的时光。

法国的霞飞将军访问中国，在检阅仪仗队时看到队伍动作不整齐，奚落道："你们中国的练兵方法大概与世界各国都不相同吧，姿势千奇百怪！"

小姑娘用法语答得随意："哦，没什么不同，大概因为您是当今世界上有名的英雄，大家见了心情激动，所以动作乱了。"

多么漂亮的马屁，霞飞将军暖耳暖心，对她刮目相看。

一次节日聚会，几个洋痞子为了取乐，用烟头去烫中国孩子手上的气球，"砰砰"的爆炸声把孩子们吓得大哭，肇事者取乐似的晒笑："中国孩子就是胆小。"

她立马借了根香烟冲进一群外国孩子中间，"噼噼啪啪"对着洋娃娃们的气球猛刺，孩子同样哭闹不止。

擎着烟，她优雅自若："洋娃娃的胆子也不见得大。"

外貌俏丽，性格憨直，反应灵敏，才华横溢，她理所当然地成了外交部的社交明星。

只是，追捧和簇拥对于一个少女来说，未必是好事，她太痴迷众星捧月的感觉，以至于分不清生活与梦想的边界。

虽然，她通过了"名媛"岗位的一切职业培训，却从没有接受正规的大学教育。她的教育体系中，需要的是爱和婚姻，而不是成就。所以，她绝不会像潘玉良一样努力，成为画家，赢得身份和地位；也没有必要像林徽因一般求学，怀揣改造社会的理想。

她只希望做一个名人的太太，得到热烈的爱情、宽敞的住宅、华美的衣服、体面的朋友，以及世界上一切其他美好的东西，她理直气壮地觉得自己应该享受这些，却不愿付出太多努力和妥协。

1922年，她十九岁，在父母的安排下嫁给了王庚。

　　在这场豪华的婚礼上，伴娘有曹汝霖的女儿、章宗祥的女儿等九位。此外，张爱玲的继母、两度出任民国总理的孙宝琦的七小姐孙用蕃，也是陆小曼名媛闺密团的重要成员。

　　王庚显然是位合格的BOSS，西点军校毕业，与艾森豪威尔同学，既有文科修养，又有军校背景，从航空局委员，到陆军上校，再到交通部护路军副司令和陆军少将，升职的速度堪比火箭。

　　前途无量的王庚完全能够提供她需要的名媛生活与关注度，却排解不了她的苦闷。百无聊赖的小娇妻在日记中写道："她们（母亲）看来夫荣子贵是女人的莫大幸福，个人的喜乐哀怒是不成问题的，所以也难怪她不能明了我的苦楚。"

　　她的苦楚究竟是什么呢？是失去了自由恋爱的权利，是所有人都要求她做一个好妻子。

　　在婚内要求和别人恋爱，这恐怕绝少有婚姻能满足。所以，即使没有徐志摩，她依然会与其他男人迸出情感的火花，比如胡适，比如翁瑞午。如果她能够拿捏得当和这些男人的关系，她的名媛之路依旧光明通畅，但是，她没有。

　　她给胡适写信，为了避开传说中剽悍的胡夫人，她用男人般又粗又大的英文笔迹写道："因为我的人不能到你身边来，我希望我的信可以给你一点慰藉。""我这几天很担心你，你真的不再来了吗？我希望不是，因为我知道我是不会依你的。"

　　这些信，都写于她与王庚尚未离婚，与徐志摩恋爱中。

至于写给徐志摩的那些著名的情书，上了年纪再去看，需要相当的耐心。如果没有特别出类拔萃的行文，那些蜜里调油、喋喋不休的倾诉，读起来其实是絮叨而肉麻的。

她对他说："摩！第一个人能从一切的假言假笑中看透我的真心，认识我的苦痛，叫我怎能不从此收起以往的假而真正地给你一片真呢！"

他便回应道："啊！我的龙，这时候你睡熟了没有？你的呼吸调匀了没有？你的灵魂暂时平安了没有？你知不知道你的爱正含着两眼热泪在这深夜里和你说话，想你，疼你，安慰你，爱你！"

她费尽周折和懂她的他在一起，果真从此幸福了吗？

她一如既往地呼朋唤友，吃喝玩乐，他有几件衣服，是否完好，她全然不知。

他只能埋怨："我家真算糊涂，我的衣服一共能有几件？你自己老爷的衣服，劳驾得照管一下。"

他的这些埋怨，她听不进去，回信道："上海房子小又乱地方又下流，人又不可取，还有何可留恋呢！来去请便吧，浊地本留不得雅士，夫复何言！"

她的才华用来斗嘴，倒也锋利。

她的豪奢让他为挣钱疲于奔命，难免抱怨，他搭乘免费小飞机离家前的晚上，她大发雷霆，随手将烟枪往他脸上掷去，他赶紧躲开，金丝眼镜掉在地上，玻璃碎了。

她以前也经常使性子，但像这样对他发狠、动手还是第一次。

他伤心至极，一怒之下离家外出，第二天下午才回去。一到家，便看到她放在书桌上的一封信，读后悲愤交加却又气极无语，随便抓起一条上头有破洞的裤子穿上，提起平日出门的箱子就走。

她最后那封信，究竟说了什么，已无从得知。

两天后，他飞机遇难。

送给他免费机票的南京航空公司主任保君健，亲自给她报噩耗，但她不能相信这是真的，她把报噩耗的人挡在门外。

不得已，保君健只能去找徐志摩前妻张幼仪，因为徐志摩的父亲和儿子与张幼仪一起生活。张幼仪冷静地派十三岁的儿子徐积锴和自己的八弟去山东认领尸体。

后来，张幼仪说："她（陆小曼）出了什么毛病？打从那时候起，我再也不相信徐志摩和陆小曼之间共有的那种爱情了。"

当年刚刚丧妻的硖石首富徐申如，白发人送黑发人，挽联中的哀痛让人揪心：

考史诗所载，沉湘捉月，文人横死，各有伤心。尔本超然，岂期邂逅罡风，亦遭惨劫？

自襁褓以来，求学从师，夫妇保持，最怜独子。母今逝矣，忍使凄凉老父，重赋招魂？

老人恨她切齿！

许多朋友，何竞武、胡适、林徽因、金岳霖等不肯原谅她，认为她的铺张是害死徐志摩的凶手，纷纷与她绝交。

这些人都没有想到，从此，她变了一个人。

她不再去游宴场所，不再社交，闭门谢客。画画与编志摩文集，是她后半生最重要的两件事。

　　他去世后的三十四年中，她为他编就的书籍有《云游》《爱眉小札》《志摩日记》《徐志摩诗选》《志摩全集》等。

　　时过境迁，别人各忙各的事，唯有她一直关心着志摩文集的出版，一趟趟跑出版社，一次次希望又失望，她想用实际行动表达她的爱。

　　可是，她同时与翁同龢的孙子翁瑞午同居了快三十年，不然，她怎么生活呢？

　　她的卧室里一直挂着志摩的大幅遗像，从没有摘取下过，每隔几天，她总要买一束鲜花献给他。她对王映霞说，艳美的鲜花是志摩的象征，他是永远不会凋谢的，所以我不让鲜花有枯萎的一天。

　　她用漂亮的正楷，写下《长恨歌》中的两句话"天长地久有时尽，此恨绵绵无绝期"，放在书桌的玻璃板底下。她不再注意自己的形象，王映霞回忆说："把自己糟蹋得厉害，牙齿全部脱落，没有镶过一只，已经成为一个骨瘦如柴的小老太婆了。"

　　那时，她不过四十多岁。

　　1965年4月3日，六十三岁的她在上海华东医院过世，唯一的遗愿是和徐志摩合葬。

　　这个要求被徐志摩与张幼仪唯一的儿子徐积锴拒绝了。

　　她没有子女，墓碑是堂侄陆宗麒、堂侄女陆宗麟在1988年为她立的，简单而朴素。

　　她就这样结束了一生的沉浮。

多愁善感的她渴慕一个既有很多很多钱，又有很多很多爱的人。

只是，有很多很多爱的人往往挣不到很多很多钱，而有很多很多钱的人又付不出很多很多爱，她的痛苦似乎早已注定。

徐志摩的早逝或许不是一件憾事，至少人们看到了一段轰轰烈烈的爱情，而不是婚外情变成婚内情的琐碎，或者红玫瑰变成白玫瑰之后的苦情。

·················· 治愈你 ··················

如果陆小曼像唐瑛，很早就清晰了解自己，所有选择都围绕名媛的道路规划，对情感没那么挑剔，日子会风光到老；如果像林徽因，对人生很清醒，明白什么样的男人真正适合自己，生活、事业、婚姻、爱情也能够和谐共处；如果像张幼仪，坚忍而独立，也会活出晚年的精彩。

可是，她都不是。她像月亮，必须依赖太阳的光华才能发亮，却希望太阳能够只照耀她的生活而不干涉她的自由，这个，太难了。

她虽然才华横溢，却从没有想过用自己的任何一点才艺筹划生活，相反，她花在这些爱好上的金钱难以计数，远远超过她和她选择的伴侣能承受的范围。

她一辈子活得旁若无人、逍遥自在，却从没有得到世俗的两情相悦和现世安稳；她灿烂、繁盛、肆意的身前，与凄凉、寂寞、飘零的身后，反差得让人唏嘘。

林徽因：
女神行走人间路

1955年3月31日，林徽因几天没有进食，全身无力，多个器官衰竭。夜半，她忽然用微弱的声音对护士说："我要见一见梁思成。"

护士看了眼指针刚刚落到"2"的时钟，回答："夜深了，有话明天再谈吧。"

可是，她已经没有明天了。

她很快陷入了深度昏迷，再也没醒来。最后的话，她终究没能亲口告诉梁思成。当陪伴了她二十七年的丈夫在护士的搀扶下走进病房时，她平静、安详、冰冷，再也没有了气息。

他第一次哭得不能自已，摸索着坐到她的床边，拉着她的手，不停地重复："受罪呀！受罪呀！徽，你真受罪呀！"凄惶又感伤。

原来，在生命的尽头，无论曾经怎样地丰富与绚丽，都不过是一个苍凉的句号，她的句号画在1955年4月1日6时20分。

生得好、长得好、学得好、嫁得好、爱得好，"五好女性"林徽因完美得像一尊偶像，把其他同性映衬得平淡而局促。

女人们对她总是两边倒的态度，欣赏的奉她为指路明灯，恨不能按模子复刻一份爱情事业双丰收的灿烂；不入眼的鄙夷她虚伪作秀，花蝴蝶一般穿梭在男人堆里，靠绯闻、花边和半吊子的才情博得美女兼才女的虚名。

而男人们，却把她当作解语花，争先恐后挤进她的"太太客厅"，他们都是那个年代最出色的男子，胡适、徐志摩、沈从文、萧乾、金岳霖、李健吾、朱光潜等等。把这样一批优质而成功的异性聚拢身边，至少，她不是个虚妄的女子。

抛开那些夸张的吹捧、泛滥的溢美和捕风捉影的八卦，她究竟是个怎样的女子？

1904年6月10日，她出生在浙江杭州一个极品牛人之家，父亲林长民毕业于早稻田大学，曾任北洋政府司法总长，与梁启超、胡适、徐志摩等当时的顶尖名人都是好友；堂叔林觉民就是著名的黄花岗七十二烈士之一、《与妻书》的作者。

或许上苍为了平衡，给了她如此优秀的父亲便为她安排了极其平凡的母亲，她的生母何雪媛是父亲的侧室，思维就像自己的小脚，守旧还有点畸形，家里开小作坊，目不识丁不说，还急躁任性，与自己工书法善女红的大家闺秀婆婆游氏素来不和。何雪媛为丈夫生下了最得宠的长女林徽因，之后，还生过一男一女，却接连夭折了。于是，林长民续娶了上海女子程桂林，林徽因便叫她二娘。二娘虽然没有文化却性情乖巧，且一连生了几个儿子，得到了丈夫的宠爱，何雪媛被长期遗忘在冷僻的后院。

童年，她陪母亲住在后院，前屋常常传来父慈子孝、夫敬妻贤的笑声，母亲的院落却死一般地寂静。这个敏感的女儿，夹在爱她的父亲与不被父亲爱的母亲之间进退两难。母亲常年被冷落的惆怅积攒成了无孔不入的怨怼，脾气越来越坏，性格也愈加偏执。她珍惜父亲的爱，却逃不开母亲的仇恨。

中国传统多妻家庭孩子的委屈、痛楚，使她异常自尊、早熟和焦虑，甚至，庶出的身份成为她心底的痛。不幸福的家庭生活让她在面对自己的婚姻时异常慎重——徐志摩以为离婚后就能和她在一起，多少有点儿诗人式的一厢情愿。

少女时代，她最幸福的时日便是陪同父亲旅欧的那段光阴，骄傲而开明的父亲慈爱地望着她说："做一个天才女儿的父亲，不是容易享的福，你得放低你天伦的辈分先求做到友谊的了解。"

父亲，是生命中第一个欣赏她的男子。

我常想，如果她临终前有机会见上梁思成一面，她留给他最后的话会是什么？是感谢他一生的宽厚吗？

月亮总以璀璨的正面示人，直到阿波罗13号拍回照片，人们才看见那些坑坑洼洼的环形山，犹如我们总是轻易发现别人的光鲜亮丽，却看不见光亮背后的黯淡。

抛却完美女人的光环，她其实是个脾气暴躁的女子，体弱多病，极度自恋，姑嫂龃龉，婆媳寡淡，说起话来不留余地、毋庸置喙，是个有文化的话痨。

所有这些，梁思成如同欣赏她的优点一般，都接受了。

她常常在夜晚写诗，还要点上一炷清香，摆一瓶插花，穿一袭白绸睡袍，面对庭中一池荷叶，在清风飘飘中吟哦酝酿佳作。她对自己那一身打扮得意极了："我要是个男的，看一眼就会晕倒。"

他却逗道："我看了就没晕倒。"

她气得要命，怪他不会欣赏她，却一辈子用着他做的仿古铜镜。

那是他用了一周时间雕刻、铸模、翻砂做成的，镌刻着"林徽因自鉴之用 民国十七年元旦思成自镌并铸喻其晶莹不珏也"的字样。

对于她登峰造极的自恋，他另有一番唱和。

当年，两人青春做伴不知愁滋味，徜徉在宾夕法尼亚大学校园。他常常耐心耐气地在女生宿舍楼下等待梳妆打扮的她，时常等上二三十分钟，她才装扮好，姗姗下楼。

为此，他的弟弟梁思永曾写过一副对联调侃兄嫂："林小姐千装万扮始出来，梁公子一等再等终成配。"横批是"诚心诚意"。

她去世之后，他想着这些青涩往事，物是人非，弟弟和她都先走一步，心如刀割。他用她生前躺在床上经常用的小图板，为她设计墓碑的样式。

陪她走了一生，再送她走最后一程，他的确是"诚心诚意"。

逃难时，为了方便她治病，梁思成学会了输液、打针，不厌其烦地把那些器皿用蒸锅消毒，然后分置各处，一丝不苟。

在湿冷的李庄，为了让她暖和一点儿，他经常亲自侍弄火炉，生怕别人不小心弄熄了火。

他想尽法子劝她多吃，亲自准备食物，甚至，她吃之前，他总要亲自尝尝咸淡。

她脾气原本便暴躁，病中肝火更旺，时常责骂、训斥，他都微笑以对。

甚至，肺病是传染的，但她那强烈的自尊心忌讳别人议论她的病，更忌讳家人和她分餐，她觉得那是一种嫌弃。他便和家人与她同桌进餐，虽然暗自做了预防，结果自己还是染上了肺结核。

可是，不要想当然地认为，她心安理得地享受着他付出的一切，对他的辛劳，她同样投之木桃，报以琼瑶。

在昆明时，通货膨胀早已让这对曾经的金童玉女变成了贫贱夫妻，为了应付高价的房租，她不得不外出教书维持生计。

她一个星期来往四次，走将近十公里的路，去云南大学教六点钟的英文补习，一个月所得不过四十元法币的报酬。

颠沛中他测量古建筑的皮尺不知所终，皮尺是测量时的必需品，他愁眉不展沉默不语，她便瞒着他，毫不犹豫地在黑市花二十三元的高价另买了一条送他。

这怎么不是爱呢?

七七事变爆发后，全家准备南渡逃亡，那正是她最需要治疗的时候。临走前几天，她去医院检查，却被医生严重警告。可是，逃亡却关系着全家人的安危，她便说："警告白警告，我的寿命是由天的了。"

走的那天，她是病着的，但她没有说，硬撑着开始流亡。

在昆明，她发烧至四十摄氏度，昏倒在大街上；从昆明到李庄，梁思成没有随行，她一路操着更多的心，在破卡车上颠簸了三个星期，她彻底病倒，卧床六年。

抗战胜利后，美国著名胸外科医生里奥·埃娄塞尔博士给她做了病理检查，结论是两肺和一个肾感染，存活期约为五年。

这也算得另一种支持吧？

她去世后，清华的许多老朋友，比如张奚若、金岳霖、钱伟长、钱端升、沈从文等，纷纷责怪他，说是他的选择造成了她的早逝。

他们怪他，在没有能力保持她健康的前提下，追求自己的事业，让她失去诊疗和休养的机会。

他们还怪他，家事生活都没有处理好，爱国心和事业心却那么强，又死板有余变通不足，这个"舍生取义"的书呆子，"义"没取到，她的"生"却被舍弃了。

而她，从来没有埋怨过他。

所以，他才会坦然地说："我们都没有后悔，那个时候我们急急忙忙地向前走，很少回顾。今天我仍然没有后悔，只是有时想起徽因所受的折磨，心痛得难受。"

她何尝不懂他？

从1930年到1945年，她和他共同走了中国十五个省，两百多个县，考察测绘了两百多处古建筑物，河北赵州桥、山西应县木塔、五台山佛光寺等等，通过他们得到了世界的认识，从此被保护起来。

那时的考察绝不像现在的自驾游，艰苦而辛苦，两人的朋友回忆：

"梁公总是身先士卒，吃苦耐劳，什么地方有危险，他总是自己先上去。这种勇敢精神已经感人至深，更可贵的是林先生，看上去那么弱不禁风的女子，但是爬梁上柱，凡是男子能爬上去的地方，她就准能上得去。"

在人生的经营中，她付出了远超寻常女子的努力与勤奋，这也是她与陆小曼之间最大的不同。陆小曼始终是朵仰仗他人的菟丝花，抵不住货真价实的辛苦，离不开喧嚣的社交场和男人的爱情。

而她，享得福也受得苦。

所以，梁启超在徐志摩和陆小曼的婚礼上会说：

"徐志摩、陆小曼，你们听着！你们都是离过婚，又重新结婚的，都是过来人！这全是由于用情不专，以后要痛自悔悟，希望你们不要再一次成为过来人。我作为徐志摩的先生——假如你还认我为先生的话——又作为今天这场婚礼的证婚人，我送你们一句话，祝你们这是最后一次结婚！"

梁启超对林徽因，却如慈父。

当年，她在异国痛失父亲，也断了继续求学的经济来源，她想回国谋生，又考虑在美国打工自己挣学费。梁启超得知后不同意，在给梁思成的家书中说："徽因留学总要以和你同时归国为度。学费不成问题，只算我多一个女儿在外留学便了。"为了兑现承诺，梁启超动用了股票利息，并直接给她写信："度过苦境，鼓起勇气，替中国艺术界有点贡献。"

梁公喜欢的女孩子既灵秀，又有事业追求和社会责任感，还要遵循礼法，他的女儿个个如此，他选择儿媳妇也是同样的标准。

如果说她爱得聪明，她的聪明之处便在于此：她早早明白了嫁给一个人便是嫁给一个家庭。

梁启超的舐犊之情、人生指导、学问修养、声名地位不是富商徐申如可以比拟的，梁思成的宽容大气、勤奋踏实也不是徐志摩的诗人气质所能匹敌。一段离婚续娶的婚姻更不能和青梅竹马的原配相提并论，即便她眷恋诗人的浪漫，但她很清楚，那只能远观。

于是，成功的婚姻重塑了她，她不仅彻底摆脱了心底庶出的阴影，走进了另一个声名显赫门当户对的家族，更在学业和事业上寻找到了最佳拍档，这种合拍弥补了婚姻中琐碎的消磨。

如果这是世故，那她肯定有点儿。

1953年夏天，在一次欧美同学会聚餐中，她指责当时负责北京城建的副市长吴晗破坏文物建筑，她感情冲动，严重的肺病导致喉嗓失音，她声嘶力竭地据理力争，不惜指着吴晗鼻子谴责。

去北京市委当面辩论时，面对着市委领导，她哭了，义愤填膺地说了那句名言："你们拆的是具有八百年历史的真古董！将来，你们迟早会后悔，那个时候你们要盖的就是假古董！"

她确实是个锋芒毕露的女子。

她的干脆利落、不留余地、不媚上、不逢迎向来不只在客厅与社交场，她的哭、骂、愤怒、失落也不尽是小女人式的惺惺作态。

她或许会坦荡地对丈夫说："我可能爱上了别人。"但她更能够在自己的建筑思想和学术追求被错误批判时坚持独立主张，陈占祥说她"不是不让须眉，简直是让须眉汗颜"！

她是个幸运的女子，没有错过生命中任何季节，甚至，每个季节都活得繁茂而绚丽。十几岁时，跟随父亲游历欧洲，博闻强识，陶冶心胸；二十岁时，与年貌相当的未婚夫携手游学，开启中国女子研习建筑的风气之先；中年时，学贯中西，成为清华的国宝级教授，中国建筑学的先驱。

她还是个充满了"文艺复兴色彩"的女子：文艺的、科学的、东方的、西方的、古代的、现代的、人文历史、工程技术，汇集一身，甚至在很多不相干的领域达到一般专业者难以企及的高度。

她写诗，三言两语便清丽脱俗；她作文，排篇布局自有周章；她治学，既是思想先行也是理论奠基；就连谈恋爱，也牵动着那个年代不同领域最声名卓著的男子。的确，她的经历太丰富，人生素材太充沛，以至于想把她描绘成游戏人间的交际花，她便奉上绯闻与传说；想把她塑造成旷古难寻的才女佳人，她便奉上家世与诗歌；想把她打造成孤傲清冽的知识分子，她便有等身的著作和名言。

只是，在娱乐至死的年代，人们关注她的情事多过她本身，她被说成了一个粉红色的明星。

她的女儿梁再冰说："现在的人提到林徽因，不是把她看成美女就是把她看成才女。实际上我认为她更主要的是一位非常有社会责任感的建筑学家。她和我父亲梁思成是长期的合作者，这种合作基于他们共同的理念，和他们对这个事业的献身精神。"

或许，这更接近真实的她，而我们爱的，不过是想象中的她。

甚至，曾经身畔的那些男子，爱的也不过是想象中的她。

唯有梁思成，爱着真实的她。

众里识得他并与他在一起，是她一生最聪慧的选择。

女神是轻松做得的吗？她们光洁的脑门儿上都凿着三句话：

Never give up！

Always try hard！

Make everyone happy！

花在饱读诗书上的时间不比保持身材短，用在规划人生的功夫不比梳妆打扮少，如此，方能塞进零号礼服，拾掇起一身仙气，甚至她生的孩子，都必须是漂亮而有教养的。

每一个女神，都活得很努力，而且，非常不容易。

林洙：
生活像个拖着黑色尾巴的风筝

　　和闺密逛街，偶遇她的高中同学，兴高采烈地徜徉在灯火通明的商场，巨大的玻璃幕墙印出一对恩爱的身影。她刚准备上前打招呼，却突然捂着嘴停住脚：男同学形容依旧，挽手前行的却不是他婚礼上的新娘。

　　正在迟疑是否该非礼勿视地走人，男同学也看见了她，略微踟蹰之后微笑上前介绍："这是我的太太某某。"于是，握手、寒暄、礼节性夸赞。

　　三年不见，太太已非当年的太太，大家不由感叹：人到中年，真是连幸福的底色都不再纯净。

　　众生为生活，谁没有故事？

　　2004年6月，林徽因一百周年诞辰，一本名叫《梁思成、林徽因和我》的书出版。很多人和我一样，看了这本书才知道，原来林徽因并不是梁思成唯一的妻子，她去世七年之后，清华大学建筑系秘书林洙成了梁思成的伴侣，陪他走完余生。

书的封面是梁思成和林徽因的照片。盛年的他们年貌相当，一个斯文儒雅，一个娇媚轻灵，充满希冀地凝望远方，真是一对让人羡慕的璧人。醒目的还有另一张梁、林二人在宾夕法尼亚大学的合影，她不知被什么逗得哈哈大笑，他侧着身子看着开怀的她，专注而深情，一派风景无限的青春模样。

梁思成与林洙的合影则少得可怜，封底一个苍白消瘦的暮年老人，身边伴着乐呵呵发福的中年女子。

这种对比，林洙需要多大的动力，才能顶住完美前妻的璀璨光环，走进一个六十一岁老人的生活，做个永远的陪衬。

林洙1928年生于福州，父亲是铁道部工程师，他给同乡林徽因写信，请她帮助女儿进入清华大学先修班学习。初到清华，林洙二十岁，扎着头巾，穿着裙子，露出细长的小腿，一脸阳光灿烂，林徽因每周二、五下午亲自辅导她英语。

这是她们的初识。

林徽因去世几年后，林洙作为建筑系的秘书协助梁思成处理资料和文件。1962年的一天，两人一起读到林徽因的诗："忘掉腼腆，我定要转过脸来，把一串疯话全说在你的面前！"第二天，林洙果然收到了一封满是"疯话"的"申请书"：

　　真是做梦没有想到，你在这时候会突然光临，打破了这多年的孤寂，给了我莫大的幸福。你可千万千万不要突然又把它"收"回去呀！假使我正式向你送上一纸"申请书"，不知你怎么"批"法？我已经完全被你"俘虏"了。

署名是：心神不定的成。

这个不自信的老人，眼光始终没有离开正在读信的她。她一看完，他就立刻伸手把信夺了回去，孩子般低声说："好了，完了，这样的信以后不会再有了。"她一阵心酸，眼泪扑簌簌地掉，他从泪水中看到了意想不到的希望，狂喜地说："洙，洙，你说话呀！说话呀！难道你也爱我吗？"

她百感交集，扑入他的怀中，也扑入他的生活。

和林徽因在一起，梁思成总是扮演"护士"的角色，打针、输液、消毒、生炉子、安排新鲜的饭菜，宽容着林徽因久病的无名火，以及在学术、事业等方面给予支持和督促，虽然成就斐然，心弦却总是紧绷。他曾说："我不否认和林徽因在一起有时很累，因为她的思想太活跃，必须和她同样反应敏捷才行，不然就跟不上她。"这句话得罪了一大批"林粉"，老树开花后如此评价已经过世的原配，难道不是凉薄得让人愤怒吗？

老实说，这不过是句平静的叙述，和他那些赞美前妻的言论相比犹如沧海一粟。客观地想，哪个男人不希望被妻子照顾周全？一个垂垂老矣的鳏夫，他的字典里，"奋进"已经被"安详"取代，"照顾者"希望变身"享受者"，轻松惬意的家庭氛围更让他愉悦。况且，这个老人已经在失去发妻的哀痛中生活了七年。梁从诫回忆："我母亲去世后，我父亲变得十分沉默。一直到他遇到我的继母林洙女士后，才从悲哀的情绪中平复过来。"

于是，林洙尽心照料着大她二十七岁的丈夫，还有林徽因八十多岁的母亲何雪媛。当然，她自己的境遇也翻天覆地改善了，分享梁思成副部级的待遇：出入有专车，家里有保姆，近四百元的月工资一下解放了她六十二元养活全家的拮据。她把儿子林哲、女儿林彤一起接来，享受富足无忧的生活。新婚几年，他也携她参加会议、考察、出国访问和休养，一路的礼遇和优待让她陶醉又自豪。

如果她没有一个叫程应铨的前夫，幸福当真完美。

圆满和乐的再婚故事，因为她的过去，成了事故。

程应铨，梁思成的得意门生，清华大学土建系讲师，被戏称系里的"四大金刚"，因支持林徽因的城市改造观点被定为右派。虽然这样的低谷时期妻子携一双儿女离他而去，但在师友眼里，他个性十足，一身才气，一副傲骨。

这些定语每增加一个，林洙隐忍宽厚的形象便黯淡几分。当年，梁思成是他们初婚的证婚人，如今，学生为维护老师的意见身处困境，老师却在四年后娶了他的妻子，师生二人在同一个系低头不见抬头见，这突破了所有中国知识分子的道德底线，梁思成瞬间陷入友叛亲离的情感孤岛。

1949年，林洙即将和程应铨结婚时，一对年轻人身无分文，热心的林徽因听说后把她叫去，说营造学社有一笔专款，先借给她结婚急用。

她打开存折，上面的名字却是：梁思成。

林洙和程应铨在清华大学水利馆举行婚礼，梁思成是证婚人，他和林徽因一起送了新婚夫妇一套贵重的清代官窑青花瓷杯盘。

婚后林洙要还钱，林徽因故意摆出长辈的架子："营造学社不存在了，你还给谁啊！以后不要再提了。"她这才知道，这是林徽因私人的帮助。

不过，林徽因不曾想到，林洙再次使用梁思成的存折时，是以妻子的身份。

1957年，程应铨被定为右派，第二年，林洙带着两个孩子离婚。签字离婚时，林洙说，他只有两件事让她感觉良好，一是1956年随中国建筑家代表团出访东欧，她作为年轻建筑学家的妻子很有面子；另一件是他翻译了很多好书，得到不少稿费。

林洙还说，两年之内摘去右派帽子，可以复婚。她嫁梁思成前夕，系里找程应铨谈话，问有无复婚可能，他回绝得分明："不能。"

离婚后，他很难见到孩子。他带偷跑来看他的儿子"小老虎"去吃饭，让儿子陪自己喝啤酒，把馒头切成薄片放在暖气上，孩子放学后偷偷上爸爸宿舍拿馒头片吃，这些不能让林洙知道，知道后免不了一顿打。他还常误叫别人的女儿"小妹"，那是他女儿林彤的小名儿。

他尝试新的爱情，与建筑系一位美丽的女生恋爱。女生不顾他的右派身份和年龄差距热烈回应，但毕业后系里故意把她分配到云贵高原。

看不到光亮的程应铨在1968年12月13日，换上平时舍不得穿的、访问莫斯科时的崭新西装，跳入清华泳池，一个游泳健将把自己和水一道冰封在隆冬，需要多大的求死决心？四十九岁的他成了林洙与梁思成婚姻的辛酸注脚。

所以，不难理解梁思成最宝贝的长女梁再冰激烈反对这桩婚事，游说叔伯姑母联合写信劝阻父亲再婚。当她看到母亲林徽因的画像被从客厅取下后，怒不可遏，厉声质问仅比她大一岁的继母，打了林洙一个耳光拂袖而去，几年不进父亲家门。

梁思成的挚友张奚若闻讯后警告："你若跟她结婚，我就跟你绝交！"他再婚后，老先生果然与他们断绝了往来，一生情义，戛然而止。

当年同在营造学社的好友刘敦桢得知消息，寄来一封没有抬头也没有落款，仅有四个字的信："多此一举。"

痛苦的梁思成在日记里写："为什么上帝要惩罚我，让我有这么多的烦恼？"

但是，爱情还是战胜了烦恼，他依旧在一片反对声中娶了林洙。

人到中年之后，生活早已成了一坨泥泞，哪里分得清千头万绪里的曲直？

中年人都有一些自私的事，不过是有人愿意反省，有人不愿意而已。夫妻间的是非别人岂能判清？犹如站在地上的人仰望飞在高空的风筝，远看俏丽醒目，离近才发现，鲜亮的风筝背后居然拖着两条黑色的尾巴，不过，却也正是这不光鲜的尾巴保持平衡，风筝才飞得稳当。

或许，有尾巴的风筝才是完整的风筝，犹如有弱点的人才是常态的人。

梁思成和林洙在不被祝福中拖着有黑色尾巴的婚姻走了九年半，直到1972年1月9日，梁思成离世。

近十年光阴，她既得到了他人大常委、副部级干部光环的庇佑，也受到了他"反动学术权威"帽子的牵累，顺畅时她是"中国建筑界第一夫人"，坎坷时她是"反动权威的忠实老婆"。在他学界泰斗的年华，她享受优越的生活和他的聆听、理解与呵护，在他挂着黑牌子被批斗的时光，她和四个家人挤在二十四平方米的小屋里，拿报纸刷上糨糊堵墙上的裂缝。

最困难的日子，他没有收入，她六十二元的工资照料一家五口：梁思成，两个年幼的孩子，还有林徽因的母亲。"老太太爱吃红烧肉，每顿饭都有。她的脑子好像有些糊涂，因为她记得的事情，全部都是民国时期的事了。"

她在他去世后一直照料着老太太，直到老太太九十多岁寿终。

遗憾的是，很多文章提到她时总是选择性地失忆，赞美她隐忍大度的文字几乎不会提到她对前夫匪夷所思的薄情，她必须是真善美的贤妻。当然，讥讽她冷血的辞章也不会描述她对后夫和何老太太尽心尽力的照料，她显然是存心高攀的小人。

究竟是贤妻还是小人？这真是一个非此即彼、万分违和的答案。

1972年梁思成去世时，她才四十四岁。在后来的四十多年里，她全力整理他的遗稿，参与编辑了《梁思成文集》《梁思成建筑画集》《梁思成全集》，以传播他的思想和精神为快乐。她热心地给国外研究者邮寄材料，有学生从新加坡回来，奉导师之命向她道谢。还有一个学建筑的女学生，专程赶过来，恭敬地叫她林老师，因为读了她写的那本《建筑师梁思成》不下十遍，每遍都特别感动。

她在资料室工作时月薪七八百，退休之后，她被返聘回去，负责收集建筑资料。她没有职称，不能享受新的工资待遇，也没有岗位津贴。

有记者去采访她，她为了拍照特地穿上好几年前做的蓝裙子，廉价的布料，蓝得艳而俗气。脚上的鞋是橡胶的，有点儿老化。因为心脏病，她常到校医院打点滴，摄影师看见她因怕不好看，偷偷地把手上的针头胶条撕下，团在了手心里。

她从没想过再婚，只是看到别家老两口一起散步难免有些黯然："要是思成还在，那该多好啊！"

漫长的人生中，谁都有过怯懦、软弱、犹疑、错讹，就好像谁都曾在某个特定的时候勇敢、坚定、执着、顽强。看到人们用石头砸一个犯了错的女子，耶稣说："你们当中谁没有罪错，谁就先拿石头打她。"于是，人群沉默而迅速地散开了。

有和乐也有伤痛，有美满也有缺失，有错谬也有改过，有亏欠也有偿还，有顺畅也有坎坷。或者，拖着黑色尾巴的幸福，才是人生的常态。

梁思成晚年躺在医院的病床上对老友陈占祥说："这几年，多亏了林洙啊！"婚姻中的人，冷暖自知，他自己的评价也许才是最中肯的结论。

林洙是个好女人，还是坏女人？

我们逐渐明白，人生的复杂与曲折远超想象，犹如情感的丰富与纤细远非一己之力所能控制。

于是，收起轻易做出结论的习惯，对待周遭人与事，有时，慈悲远远比懂得更重要。

唐瑛：

美人最懂爱惜自己

二十世纪七十年代，老上海最风光的社交名媛唐瑛回国探亲，六十多岁依旧着一身葱绿旗袍，眼波流转间沧桑湮灭，举手投足时岁月回溯，恍如葱茏少女，丝毫没有老妇人的龙钟疲态，处处透着长年优渥生活淬出来的精雅韵致，真是做足了一辈子的美人。

或许，只有爱自己的女人，才能做一辈子的美人。

寻常女子的那点喜怒哀乐不过是拈花弹指：世事变迁于她，仅仅是人生舞台的布景板更换；爱断情伤于她，犹如换了个男主角，却依旧配合地演好对手戏；生儿育女于她，仿佛剧本里安排的戏份，归宿已定，何必糟心；繁杂琐事于她，更是不值一哂的皮毛。

她的世界只有一条准则，那就是：爱自己。

1903年，唐瑛出生在上海（关于唐瑛的出生年月，被广为流传的网文硬生生砍掉了七年，网上所有的文章都说是1910年）。她的父亲唐乃安是清政府获得庚子赔款资助的首批留洋学生，也是中国第一个留学的西医。她的母亲徐亦蓁是金陵女子大学的首届毕业生，与著名教育家吴贻芳女士是同学。唐乃安回国后在北洋舰队做医生，后来在上海开私人诊所，专给当时的高门巨族看病，因此，唐家家境富足，人脉广泛。唐家的小女儿、唐瑛的妹妹唐薇红八十多岁时回忆："小时候家里光厨子就养了四个，一对扬州夫妻做中式点心，一个厨师做西式点心，还有一个专门做大菜。"

唐乃安笃信基督教，因此，女儿们不仅地位高，而且接受了良好的家庭教养和学校教育。唐瑛当时就读的中西女塾，是宋家三姐妹的母校，也是张爱玲读过的圣玛利亚女校的前身。在学校，这所完全西化的女校，以贵族化的风格培养学生成为出色的沙龙女主人。在家里，唐家的女孩们除了学习舞蹈、英文、戏曲之外，还要修炼名媛的基本功——衣食讲究，家里专门养了裁缝做衣服；每一顿餐都按照合理的营养均衡搭配，几点吃早餐、何时用下午茶、晚饭什么时候开始，全都遵循精确的时间表；吃饭时绝不能摆弄碗筷餐具，不能边吃边说话；汤再烫，也不能用嘴去吹。

看上去犹如一出童话般的富养女儿的模板。

如此成长的唐瑛中西混搭，既精通英文，又擅长昆曲，跳舞和钢琴则与山水画一样娴熟。有一张她少女时期的老照片，娇憨地立在开放着雏菊的方桌前，身后一幅书法卷轴，一尊西洋仕女，她明媚一笑，恍如后来二八年华的邓丽君，动人极了。

她刚一亮相社交圈，便引起轰动，与陆小曼并称"南唐北陆"，成为当时最耀眼的名媛。

即便是好友，即便时常被参照比较，唐瑛和陆小曼也绝不相同。陆小曼的生活重心是社交和爱情，她像一株向着爱开放的向阳花，需要外界不停地滋养和浇灌，不然，便径自萎谢了。在追求爱情与关注的路上，陆小曼有点儿神经质的任性、孩子气的偏激和膨胀的自恋，她那不计后果的行事方式常常把自己和他人都陷入困境。

唐瑛不同，她活得自成一派，小小年纪却有着上海女人特有的聪慧，对周遭特别拎得清。她像一棵枝干清晰的白桦，从不轻易发散无谓的枝丫。她又像一枝绚烂的郁金香，纵然光彩照人，却无刺无害，从不争抢别人的光华。她没有那么多华丽的烦恼和奢侈的忧伤，这样恰到好处的感性和理性，对于女人，是难能可贵的两全。

所以，无须轰动的婚姻和花边新闻，唐瑛自己就是一道风景。

她是老上海的时装ICON。

即使不出去交际，她每天也要换三套衣服：早上是短袖的羊毛衫，中午出门穿旗袍，晚上家里有客人来，则着西式长裙。她的妹妹唐薇红至今还记得，她的旗袍滚着很宽的边，滚边上绣满各色花朵。还有一件旗袍，滚边上灵动着百来只金银线绣的蝴蝶，缀着红宝石的纽扣。

Channel No.5香水、Ferragamo高跟鞋、CD口红、Celine服饰、LV手袋……这些对于她，实在是无奇的装备，犹如一日三餐般稀松平常。传奇的是她那十只描金的大箱子，在口口相传的艳羡中装满华服，甚至整整一面墙的大衣橱都被皮衣遮蔽。

她去逛鸿翔百货，去逛一切能给她服装灵感的地方，每每遇见惊鸿一瞥的衣服，她不买，默默记下样式，回家吩咐给自己的裁缝做，既拷贝了最新的样式，还DIY了自己的原创。所以，她穿出去的衣服，别致、时髦而前卫，迅速以"唐瑛款"的标签流行。

民国如果还有哪个女人因为衣服而出名，除了张爱玲便是她了。只是，张爱玲的服装充满了彪炳个性的张扬，犹如俯瞰芸芸众生的一面屏障，打眼却未必合群，透着曲高和寡的孤独；她呢，则糅合着小女子的智慧，用丝绸和雪纺娇嗲地向世界宣战，得体地把生活包裹成一颗绚丽的糖。

她在百乐门跳舞，披着霓裳战衣，足尖飞旋中掉了舞鞋——当年的小报津津乐道这双金贵的鞋子，就好像现在的八卦热议女明星手上的鸽子蛋，那两百块大洋的价值，几乎是鲁迅半个月的工资。

她还是戏剧界的缪斯。

1927年，"南唐北陆"联袂亮相，在中央大戏院举行的上海妇女界慰劳剧艺大会上，一个扮杜丽娘，一个扮柳梦梅，演出昆曲《牡丹亭》中的《拾画叫画》，成为当年报纸的头条。

1935年，卡尔登大剧院被围得水泄不通，文艺青年们伸长了脖子期待她与沪江大学校长凌宪扬演出的英文版京剧《王宝钏》，外语与国粹的混搭，她开了用英语唱京剧的先河。

在洪深编导的话剧《少奶奶的扇子》中，她穿着曳地长裙在百乐门一亮相，观众便沸腾了，台下黑压压的人群，哪个不是来捧她这个主角的场？

一个如此精彩的女子，爱情却没有想象中跌宕。

孙中山的秘书杨杏佛爱慕她，托了刘海粟做说客，家里以她已订婚为由不同意，虽然她也动心，但最终还是算了，为了一个男子和家里决裂，她似乎没有必要涉这个险。杨杏佛1933年被特务暗杀于上海亚尔培路，成了这段关系的唏嘘终了。

宋子文钟情她，父亲唐乃安却不想和政治人物扯上关系，她也顺从了。唯一能满足看客好奇心的是，她的小抽屉收藏了二十多封宋子文的情书，在某些月朗星稀的晚上，她或许也曾托腮展笺，但也仅止于此。

1927年，她嫁给了宁波"小港李家"、沪上豪商李云书的儿子李祖法。李祖法留法归来，时任市政水道工程师，搞技术工程的丈夫性格内向，做事一板一眼，不愿看到妻子的照片总出现在报纸杂志上。当唐瑛在卡尔登大戏院演《王宝钏》大红大紫的时候，家里的气氛却是灰暗的。1936年，儿子六岁的时候，两人分手了。

她最终的归宿是中国的留学生之父容闳的侄子容显麟。容家也是个开放的、留学生成堆的大家族。容显麟是广东人，性格活泼，爱好多样，骑马、跳舞、钓鱼样样精通，还是文艺爱好者，于是，他们结伴共同享受生活。

1948年，唐瑛夫妇到了美国，她在大洋彼岸继续做她的美人。

一个以"美人"为终生追求的女子，必定要有几分六根清净爱惜自己的决绝。不然，她会为孩子的夜半啼哭牵肠挂肚、早生华发，会为公婆的不待见愁肠百转、眉间纹加深，会为丈夫的不省心黯然神伤、皮肤松弛，会为家务琐事劳心费力、眼窝深陷，会为升职无门郁闷不甘、脸色黯淡。甚至，一场无疾而终的爱情都能让她伤筋动骨、憔悴不堪。

一个资深美人必须明白，保持终生美丽成本高昂——丰厚的物质、高尚的社交、体面的婚姻、不必太操心的孩子、拿得出手的才艺，每一样都需要小心翼翼地维护。

所以，资深美人不能任性，不能在关键时刻掉链子，去为那些虚无的梦想、镜花水月的爱情赌上未来的命运。人生处处凶险，时时拎得清，方能走得远。食得咸鱼抵得渴，谁没有"纵然举案齐眉，到底意难平"的憾事？只是，爱自己的女子从来不会去纠结。

2011年5月20日，上海美术馆的"2011世界舞美大师李名觉舞台设计回顾展"，引发了一场轰动。整整十天，展厅里人头攒动，川流不息。

有两类人是昂着头往里挤的。

一类是文艺中青年，他们是冲着李名觉去的。李名觉是舞台设计领域的世界"三大亨"之一，曾荣获美国艺术人文类最高奖"美国国家艺术及人文奖"，他在百老汇的作品《奥赛罗》《麦克白》《伊蕾克特拉》《等待戈多》等，影响了整整一代美国人。

还有一拨是老上海。他们衣着隆重得犹如参加宴会，他们来寻找李名觉妈妈的影子，那个著名的妈妈，就是唐瑛。

于是，我们才知道，晚年的唐瑛是个知足的老太太。她像任何普通的老妇人一样，为儿子、儿媳和三个孙子骄傲。

她带孙子们看戏、看电影，家里吃的点心，居然都是她自己的手艺。据说，她炒的芹菜牛肉片比饭馆里的还好吃，吃过她包的馄饨，饭馆的馄饨也不要吃了。

1986年，她在纽约的寓所里静静离世。在她手边，有一个直通儿子房间的电铃，但她从来没有碰过一下，她也不用保姆，一切都自己打理。她走得清清爽爽、干干净净，一脸从容。

听闻消息的人很少，人们宁可相信她仍旧活在一个遥远的地方，也不愿知道，曾经如此灿烂的她也会悄无声息地陨落。

她一生爱自己，做足了一辈子的美人，平顺无波，甚至，从来没有打扰过别人。

························· 治愈你 ·························

做一辈子美人何其艰难？不顺遂比比皆是。玻璃天花板的事业，永远长不大的孩子，索然寡淡的婚姻，日夜流逝的年华，不可捉摸的未来……女人们惶恐得如同死在沙滩上的前浪，而不是气定神闲的珍珠。

生活，忍受是过，享受也是过。

困境中，心中泯然愁苦和怨毒，仍然懂得从每一个细节呵护自己，纵然暂时被人生冷落，我依旧是自己的珍宝。

这才是永远的美人真正的底气。

江冬秀：
如何与你，相伴到白头

　　一天，去闺密单位，刚进大厅便见到一个披头散发的女子先喊后哭，坐在地上手里攥把刀，身边陪同着七八个壮汉亲友团。

　　围观无数。

　　闺密解释，单位已婚男同事吃了窝边草女同事，老婆闹上门来。

　　过了几个月，我又想起这事问闺密结果怎样，她大笑："男的不仅和小三散了，天天准点回家，单位聚会还和老婆手牵手唱情歌秀幸福呢。"

　　我又问："那小三呢？"

　　闺密略微停顿，说："她，不太好吧。这事儿闹得沸沸扬扬，她原本以为他能横下心离婚，早已打算将孩子、房子一切放弃，准备净身出户，哪里料想是这个结局。她现在一个人，很沉默，基本不与人往来。"

　　大多数披肝沥胆的小三，都是二八不靠的结局；极少数成功上位的，往往不是凭借堪比金坚的爱情，而是斗智斗勇的胆识。

　　就好像大多数忠肝义胆的原配，都没有勇气去打印一张通话详单，宁愿不安，而不愿变得强悍。

虽然出过轨的男人就像一张掉在牛粪上的钞票，不捡闹心，捡了恶心，可是，谁的人生没有那么几次无奈的弯腰呢？因为孩子，因为面子，因为生活，因为那些不得已的不能分手的理由。

如何能与你相伴到老？真是一场史诗般的修炼。

倘若另一半是胡适一样的男子，单挑各路小妖女，简直是宿命的安排。

这个新文化运动的倡导者，居然娶了乡村小脚夫人江冬秀，成为民国"七大奇事之一"。

江冬秀是安徽旌德县江村名门之后，1904年经胡母排"八字"订婚，1917年胡适从美国留学归国回家结婚，其间两人从未见过面，是不折不扣的旧式婚姻，对于胡适这个中国新派第一号人物，不仅滑稽而且讽刺。尤其，胡太太并不像一般乡村女子那样羞怯胆小，她非常果断泼辣，熟悉的人都知道胡适家有个厉害的夫人，连陆小曼这样旖旎的名媛，都不敢与江冬秀明目张胆地逗趣，小曼总是用英文给胡适写信，还故意把字写得又粗又大像个男人的字迹，可见胡夫人的震慑作用非同一般。

据说，1923年秋天，胡适到杭州疗养，江冬秀写了一封别字连篇的信给表妹曹诚英，拜托照顾"表哥"。曹诚英是她与胡适结婚时的伴娘，当时正在杭州读书，才貌双全的"女学生"立即让"表哥"掉进了温柔乡，他们在西湖畔同居了三个月。周围人都有心成全这对金童玉女，湖畔诗人汪静之最先知道了不说，徐志摩得知后开心得不得了，立即告诉陆小曼，然后在北京教授作家圈子里广为流传。

最后，差不多全北京的文化人都知道了，再最后，神一般的胡太太也知道了。

在广为流传的版本里，她没有像知识女性般隐忍，打落牙齿和血吞；更没有像其他旧式女子般逆来顺受，睁一只眼闭一只眼，只要对方不抛弃自己。

民国八卦声称，她拿着剪刀抱着儿子在胡适面前大吵大闹，要先杀了孩子和胡适再自杀，新文化运动的领袖像只戳了洞的皮球般，渐渐没了底气。只是，表哥表妹的情谊倒也没有那么容易退却，他依然与曹诚英通信，尽管刻意绕开太太，但狐狸终究逃不过好猎手，一封肉麻的情书还是落入胡夫人手里：

> 我们在这个假期中通信，很要留心，你看是吗？不过我知道你是最谨慎而很会写信的，大概不会有什么要紧。麋哥，在这里让我喊你一声亲爱的，以后我将规矩地说话了！

胡夫人收了信，将胡适从床上拎起来，打开大门对着周围的老少邻居们，唱念做打地来了一段三俗演艺。胡适颜面扫地，迅速而彻底地夭折了和缪斯的爱情。

这是关于她的婚姻保卫战火药味最浓的传说。

在婚姻演义中，她这样俗俗气气、泼泼辣辣的女子其实非常拎得清，她们从来不屈就自己去照顾所谓光鲜社会的文明支架，她们出手的时候招招直指要害。

她们知道，某些职业的男人，他们第一要命，第二要脸，第三舍不得钱，你若是豁出命去不要脸地和他死磕，摆出让他们人财两失毫不退缩的气势，狭路相逢勇者胜，最终基本胜券在握。

只是，良家妇女们大多抹不开面子也舍不得命，她们宁可爱惜羽毛地等待，温良恭俭让地反省，深夜气得心绞痛地垂泪，也要维持自己所谓的体面和尊严，她们绝不愿意鱼死网破地硬拼，因为不忍心一身剐，自然没法把男人拉下马。

但是，江冬秀们不，她们不仅有蛮劲和剪刀，还有一颗看似粗糙却聪明剔透的心，她们知道别人拿走的是自己的全部，若是不拼了命去硬争必然一无所有。

她们用剪刀去抵死捍卫作为妻子的地位与权益，让男人出轨的成本最大化——一想到那血淋淋的场景、功名毁于一旦的后果，哪个男人不要看好自己的拉链门？世间女子何其多，何必死磕这一个。

按照常理，江冬秀高攀了胡适，必然要举案齐眉保持仰视姿态，但她从不，她始终真实地生活着，不会委屈自己。

除了照顾胡适和孩子，她经常打牌消磨时间，而且原因不明地逢牌必赢，她在麻将桌上赢的钱，也是胡家的常规性收入之一。

胡适在台湾任“研究院长”时，她经常邀朋友来家打牌，为了维护前院长蔡元培不准在公房打牌的传统，胡适特别安排秘书帮太太另找房子。

胡太太平时除了打牌就是看武侠小说，唐德刚说：“胡太太找不到牌搭子，就读武侠小说。金庸著作如数家珍，金庸的小说在胡家的书架上，竟亦旋旋然与戴东原、崔碧诸公揖让进退焉！"

胡适对待传说中剽悍的太太，竟也是颇体贴的。

1940年，胡适收到太太寄来的一件绛红色棉袄，他穿上后把手插到口袋里，触到一样东西，拿出来一看，是个小纸包，打开来，里面是七根象牙耳挖。

他的心立刻柔软了，有点儿说不出的感情，他觉得，这样微小的细节，也只有太太才想得到。

流寓纽约的十年里，胡太太在破旧的公寓中整天忙个不停，她不懂英语还得自己上街买菜，真是想不出，语言不通的她是怎样买到最心仪的新鲜蔬果，还拿到恰好的找零。

只是流传，有一次胡适外出，她独自在家，一个彪形大汉破窗而入，她先是惊呆了，随后马上打开公寓大门，反身大叫为数不多会说的英语："Go！"

贼愣了一下，还真的"Go"了。

若是换成他那些柔弱而多情的女朋友会怎样？大约会高喊"Help"吧。

她不仅照顾着他的至亲，还关照他的远房亲友。

有一次，他的一个朋友跟她说，父亲过生日，想送老人家一件皮袄，问她哪里买合适。没多久，她便花了四十块钱买了件皮袄送去，而那时，他们有二十多个房间的"豪宅"，一个月租金也不过七八十块。

朋友感动极了。

抗战期间，胡适在美国，她独自在国内带着两个儿子，生活困窘。

他寄来一千六百块钱，她便马上分给同样艰难的亲友，送给罗尔纲一百五十，吴晗一百，借给毛子水一百，又给仆人们发了一百四十块钱的工资，借给同乡几百块。

甚至，她居然又捐献给某学堂两百块。

得知她散尽家财，他写信表扬她："你在患难中还能记得家中贫苦的人们，还能寄钱给他们，真是难得。我十分感激。你在这种地方，真不愧是你母亲的女儿，不愧是我母亲的媳妇。"

的确，她没有像朱安一样隐忍，一辈子活在让"大先生"鲁迅垂青的梦幻中委屈自己，到死也没落下好；她也没有像他的那些女朋友一样要面子，不然，婚姻的成果早已成了别人树上的桃子。

她虽然不大识字，却为了与他书信唱和，通过各种途径补了缺，对于《红楼梦》里的少爷小姐都叫得出名字；她在娘家从不做家务，嫁到胡家，洒扫庭院、侍奉婆婆、照顾丈夫，处处亲力亲为；对于他和韦莲司、曹诚英等女朋友的绯闻，不关键的，她点醒几句，要紧的，她也敢放出恶声，宣泄自己的不满。

她既不是攀缘的凌霄花，也不是痴情的鸟，她倒真像一棵木棉，始终作为树的形象和他站在一起，平等而又义气，她有她的泼辣剽悍，更有她的宽厚温柔。

她很清楚，对待他，七根象牙耳挖要得，必要时候的剪刀也要得。

1962年2月24日，胡适在台湾"中研院"的院士酒会上，因为心脏病猝发辞世。

她听到消息，当场昏厥过去。处理完他的后事，她开始整理他一生的著作，甚至，她特别要求韦莲司，写一篇自己的传记，放进他的资料里。

如此对待一个与丈夫关系暧昧的女子，她是真的通透。

如何与你相伴到白头，是个多么宏大的课题，又是一个多么虚幻的期许。

谁能刚一踏入婚姻的边界，便识透未来几十年的烟尘？婚姻究竟是一部加长版的植物大战僵尸，还是一出美丽人生的真人秀？

胡夫人给出了一个耐人寻味的答案。

治愈你

夫妻之间，有时需要洞若观火的了解，有时需要肝胆相照的义气，有时需要平地一声雷的咆哮和发泄，有时需要揣着明白装糊涂的将就，还有时，则需要打落牙齿和血吞的隐忍。那种举案齐眉式的客套，往往不是恩爱，而是彼此的关系没有亲密到那一步。

江冬秀们的温柔和剽悍是一种拿捏得当的火候，她们明白，婚姻和青春一样，一不看好，就会溜走。

黄 逸 梵 ：
人 生 的 不 良 资 产 剥 离

      洛杉矶西木区毗邻加州大学的ROCHESTER公寓 PART4，常常聚集着五湖四海黄皮肤黑头发的华人，只因这座楼的206房间，曾经是张爱玲最后的居所。她从1991年7月7日到1995年9月8日去世，一直居住在这间极其普通的单身公寓，在洛杉矶二十三年，这是她居住时间最长的地方。

      那时，她深居简出，与世隔绝，很少和人来往，却常常面壁而坐，喃喃独语。偶尔的访客以为她在念佛，她却有些自嘲地解释："我在与我的妈咪说话呢！来日，我一定会去找她赔罪的，请她为我留一条门缝！我现在唯一想说话的人，就是妈咪！"

      是"妈咪"，不是"妈妈"，娇嗲而亲昵的称呼，几乎不像从张爱玲口中呼出。相比热络的表达，她更擅长静默艰涩地追究真相，审慎地面对自己和世人。

      她说自己是个"最不多愁善感的人"，那些难得的黯然与纠结，一部分给了胡兰成，另一部分便给了她的母亲——黄素琼，或者叫"黄逸梵"吧。

人们总对张爱玲显赫的父系祖辈津津乐道，其实，她母亲的娘家也毫不逊色。这个本名黄素琼的女子，祖父黄翼升是清末长江七省水师提督，李鸿章淮军初建时的副手。同治四年（1865年），李鸿章奉命镇压捻军，在对东捻的战斗中，黄翼升的水师驻守运河一线，阻拦了东捻的向西突围，立下大功，授男爵爵位。黄家在南京的房产，位于如今的莫愁路朱状元巷14号，被称为军门提督府。

1894年，七十六岁的黄翼升去世。唯一的儿子黄宗炎承袭爵位后，赴广西出任盐道，这位将门之后没有子嗣，赴任前家里从长沙家乡买了个农村女子做妾，不负众望的姨太太幸运地怀了孕。黄宗炎赴任不到一年便染瘴气亡故，年仅三十岁。1896年，姨太太生下龙凤双胞胎遗腹子，女孩是张爱玲的母亲黄素琼，男孩是她的舅舅黄定柱。

1915年，二十二岁的黄素琼由养母大夫人张氏做主，嫁给了李鸿章的外孙张廷重。1922年，大夫人在上海去世，她和孪生弟弟黄定柱分了祖上的财产，弟弟要了房产地产，她拿了古董。丰厚的陪嫁加上分产所得，她自己能够支配的财产颇为可观，犹如她的婆婆、李鸿章的长女李菊耦，当年的陪嫁提供了张家近三代的挥霍。

黄素琼与张廷重，是郎才女貌、门当户对的一对璧人，假如性情契合，完全可以成就邵洵美与盛佩玉一般的阅尽沧桑与终生厮守。只是，生活从来不是推理，顺理成章的情形总是太少。

这对男女，分明是两个世界的人。

黄素琼相当有个性，充满将门之后的果敢。她自己也说"湖南人最勇敢"，来自湖南乡野的生母割裂了祖辈优柔的闺秀血脉，注入原生态的野性和大胆，所以她拒绝陈腐，渴慕新潮，崇尚女子独立，不甘心依附男人。张爱玲晚年谈到母亲时，说她是"踏着这双三寸金莲横跨两个时代"（《对照记》）。

她生得也美丽。不同于张爱玲孤绝的女知识分子模样，黄素琼眉梢眼角都是女人的风情，《对照记》里一张题为"在伦敦，一九二六"的侧身照，大卷发，双手交叉抵于下巴，膝上一角蓝绿外套，一派文艺而凄迷的女神范儿。

她对一切新事物都充满兴趣。她学油画，和徐悲鸿、蒋碧微同住一栋楼；她学唱歌，天生的肺弱听起来更像吟诗，比钢琴低半个音阶，于是她抱歉地笑，娇媚地解释；她和胡适同桌打牌，洋溢的希腊风情成了麻将桌上的尤物；她学做手袋皮鞋，从马来西亚带回一铁皮箱碧绿的蛇皮；她尝试社交，做了尼赫鲁两个姐姐的秘书，交际圈子拓展到了海外的上流社会。

这个积极的女子，千方百计撕掉身上过去的标签，向往着肆意的自由和全新的生活。所以，她抛夫别子远赴欧洲，成为第一代"出走的娜拉"，登上远洋的轮船时，连名字都从浓墨重彩的"黄素琼"，改成了轻灵不俗的"黄逸梵"。

她的丈夫，张廷重，却只能做个遗少。

遗少也有自己的痛苦。年少守寡的母亲李菊耦训子怪异，怕儿子与家族子弟们交往"学坏了"，便故意给他穿过时且绣满花的衣服鞋帽，打扮得像个女孩子，因为缺少交流，他自幼脑腆自闭。

张爱玲印象中的父亲，是个神态沉郁的夫子，终日绕室吟哦，背诵如流，滔滔不绝，一气到底，末了拖起长腔一唱三叹，算是作结。然后沉默踱步，走了没两丈远，又起头吟诵另一篇。听不出那是古文、八股范文还是奏折，总之从不重复。

一个时代的LOSER，流露着末世故人的精神寄托，充满着不合时宜的凄惶。

纵然迥异，这对夫妻也并非天生的冤家，至少，张廷重一定是爱过黄逸梵的。她第一次出国，他寄了一张小照、一首七绝："才听津门金甲鸣，又闻塞上鼓鼙声。书生自愧拥书城，两字平安报与卿。"

中国传统男人的那点情愫，仿佛只有古体诗才能抒发，如此蕴藉的相思之情，一声"书生"一声"卿"，"画眉深浅入时无"的新婚时光恍惚重现了。

新潮如黄逸梵，终究，还是心动了。

于是，她决定回国。

张爱玲曾经借《小团圆》描写过两人间相处的细节。

妻子嫌弃乃德（张廷重原型）找的房子不好，开口便说："这房子怎么能住？"乃德对妻子并不气恼，像是有点宠溺的，笑着解释。

吃午饭的时候，乃德绕着皮面包铜边的方桌兜圈子，等待妻子下楼。妻子总是难得开口，乃德渐渐地也自知无趣，终于第一个吃完了就走。

有点儿心酸。

在他们的感情中，女方一直占着主导，大多数人都认为是张廷重腼腆，我却总觉得，更多是因为他的深爱，因为更爱，所以更隐忍。

面对美丽自由生机勃勃的妻子，张廷重这个含蓄内向的中国男人很迷惑，他不知怎样去爱她，他固执地用自己的方式表达。当她回到身边时，他想过改善两人的关系，可是碰壁之后就不再尝试。他不懂耐心解释两人的误会，也不愿尝试新的方式获得她的理解与认同。甚至，为了提防她再度出走，他故意不支付生活费，期待陪嫁用尽后，她失去离开的资本。

这个LOSER，自己是醉生梦死的自由落体，却要她也保持同样的降落队形，这般垂死的紧抱，只能让黄逸梵更想逃离。

丈夫，成了她生命中最希望剥离的不良资产。

即便如此，黄逸梵的回归依然为这个家庭带来了一抹亮色，以及回光返照的亲情。

他们从石库门房子搬到一所花园洋房，有狗，有花，有童话书，家里陡然添了许多华美的新朋友。黄逸梵和一个胖伯母并坐在钢琴凳上模仿一出电影里的恋爱表演，年幼的张爱玲坐在地上看着，大笑着在狼皮褥子上滚来滚去。

三十二岁的黄逸梵穿着缀满淡褚色花球的飘逸洋装，美丽而优雅，一双儿女看着母亲唱歌、弹琴，姐姐偶尔侧过头来看看弟弟，俏皮地笑一笑，眨眨眼睛，仿佛在说："你看多好！妈妈回来了！"这一段生活是张爱玲童年最和美快乐的回忆。

我们总以为，孩子是成全婚姻的利器，却不知，他们更是压垮婚姻的最后一根稻草。

一对不搭调的夫妻，倘若仅在二人世界中共处，过着貌合神离互不干涉的日子，矛盾倒未必多么激化。毕竟，换个人搭伙也有风险，没有十足的把握，谁也不愿轻易打破现世的安稳。

有孩子便不同，迥异的人生观与生活态度投射在子女教育中南辕北辙，连喝什么牌子的奶粉、上哪所幼儿园都无法达成共识，细碎繁杂的矛盾终究酿成不可调和的冲突——自己这辈子勉强凑合就罢了，还要复刻一个如此生厌的、似足了对方的小人儿，叫人如何甘心？

　　黄逸梵与张廷重，在子女的教育问题上，开始了新一轮博弈。

　　黄逸梵受西方教育观念影响，认为学校的群体生活更健康、多元，坚持把孩子送进学校接受新式教育，夫妇俩多次争吵。张爱玲十岁时，母亲主张把她送进学校，父亲一再大闹着不依，最后，母亲像拐卖人口一般硬把她送去黄氏小学四年级插班。她就读过的学校，无论是圣玛利亚女子学校、伦敦大学（后转入香港大学）都是费用昂贵的私立学校，她自己在《流言》中曾说："中学毕业后跟着母亲过。我母亲提出了很公允的办法：如果要早早嫁人的话，那就不必读书了，用学费来装扮自己；要继续读书，就没有余钱兼顾到衣装上。"

　　可见，黄逸梵对待女儿，大方向还是明智开通的。只是细节处的忽略和残忍，以及经济的窘境，经常让母爱显得局促：自顾自的个性，让她经常伤害女儿而不自知，当女儿辛苦得来的奖学金，被母亲输在了麻将桌上后，女儿认为"与她之间结束了"。

　　这对夫妻最终走到离婚的地步。

　　黄逸梵请来外国律师，办手续时，丈夫绕室徘徊，犹豫不决，几次拿起笔来要签字，长叹一声又把笔放回桌上。律师看见这番情景，心中不忍，问她是否改变心意，她说："我的心已经像一块木头！"

　　他听了这话，明白无可挽回，无奈签字。

　　离婚后，他搬到她娘家人住的巷子里。

或许想着还能遇见她，或许期待一起去嫖娼的大舅子黄定柱念着往日情分可以劝和，这个旧式男子，用了这么奇怪的方式表达眷恋。

他内心极度痛苦，婚姻的打击太沉重。他的日子一直像下沉的午后的阳光，因了她而带来明亮，她懂生活，可以把家打理得井井有条，也会教育孩子，能够成为一个贤妻良母——如果她愿意。

她是这个男人心中的光，她的离去，让他彻底放纵了自己，宁愿从昏昧的傍晚归隐入黑暗的夜晚，也好过时时刻刻的担心、焦虑和暴躁。他同归于尽式的爱，最终变成了本能的、自卫的对抗。

因爱不成而生的怨恨，萦绕着他的余生。

成功剥离了婚姻这一不良资产，黄逸梵如旅行家一般行游欧、亚、非洲。

每一次出行，便卖去一箱古董，每卖去一箱古董，她都自责而哀伤——一个新女性居然没有其他谋生能力，只能依靠祖产生活，她那么厌恶她的前夫张廷重，却也像他一样坐吃山空；她那么迫切地改变自己，可一切她痛恨的事物却烙印在基因中，到老，到死，也不肯放过她。

1957年8月，她病重，给女儿写信，说唯一的愿望就是见见女儿。

敏感而天才的女儿那年三十七岁，或许是因为自己的窘迫，或许是因为母爱的稀薄——母爱于她，更像是一件抽去了棉胎的锦袄，华丽而没有温度。

她绝情地没有见母亲最后一面，只寄去了一百美元。

大约一个月后，黄逸梵客死伦敦。六十四岁的她走遍世界，背斥却没有一个灯光融泄的家。说到底，她自己也是一个时代的LOSER，拼尽一生也没有剥除那些她唾弃的不良资产，只好与它们一起，同眠地下。

得知母亲去世，张爱玲面壁而哭，大病一场，直到两个月后才有勇气整理母亲的遗物。母亲为她留下一箱古董，在艰辛的时候，一件小古董就卖了八百六十美元。

直到有了女儿，我才明白，女儿不仅是妈妈的小棉袄，更是妈妈的小冤家。不必说"养女不教母之过"的古训，也不必说十几年如一日事无巨细的照料，单是叛逆青春期的较量，便足以"一孬抵九好"。

黄逸梵对女儿的付出不可谓不多，无奈有时不得法，有时在理性与感性间游移不定。她自己不曾被父母温柔相待，自然学不会那些柔情入髓的细节，给女儿精神上的伤害，纵然愈合，也伤疤永存。

不过，这个女儿，又对母亲回报几何呢？

女儿对母亲真正的体谅，总是要等到自己为人妻、为人母之后，在失却小女孩任性妄为的年纪，发现生存的艰难，以及爱的尴尬和现世的无奈。若摊上了天才与孤绝混合体的女儿，这番体悟怕是要等到女儿年近古稀，行将在天国的门口与母亲重逢的时分了。

一番自省，几多忏悔。

所以，在ROCHESTER公寓PART4，张爱玲与久已去世的妈咪和解：

妈咪，请为我留一条门缝！

1995年9月8日，正逢中秋节。张爱玲在洛杉矶清冷的月光里孤独离世。

去世两天后才被公寓管理员发现。据说，她面向太平洋，趴着，一只手探向前方，是要去握住妈咪滑落的手吗？

··· 治愈你 ·································

好女孩上天堂，坏女孩走四方。Why？

因为坏女孩从不屈就，哪怕是三十六床羽绒被下的那颗豌豆。她们总是向前，向前，再向前，即使自己也不确定前方究竟是精彩还是危险，但是，前进的姿态是一定的。

在前行的过程中，背负太多总是走不远。现世总有得失与取舍，谁的人生都有不良资产，有时是半死不活的事业，有时是同床异梦的婚姻，有时是知心难再的朋友……是挥泪放手，还是含恨持有？好女孩和坏女孩的选择永远不同。对于更注重自我感受的坏女孩们，生活是一场活色生香的盛宴，永远新奇、永远未知。让她们参演一出被别人导演的戏剧，走向一个规划好的一望即知的结果，断无可能。她们享受了时光的新奇特，但却失去了高端大气的上流生活。

黄逸梵的人生固然算不得完美，至少，她丰富而热烈地存在过。

孙用蕃：
幸福从来不是稳稳的

十几岁时看《蝴蝶梦》，年轻的女主角嫁给了富有的德温特先生，成为旖旎的曼陀丽庄园新任女主人。纵然被爱情陶醉，纵然新婚甜美，纵然充满幸运与感激，她依然觉得，这所富丽堂皇的城堡处处充满前任女主人的气息。

那个名叫吕蓓卡的女子，白色的裙裾仿佛还在轻抚着楼梯台阶，肆无忌惮的笑声似乎还充盈在化妆间，幽远的香水味好像还在某张信笺上荡漾，甚至，丈夫热情的眼神，也不过是穿越了她的躯壳，最终牵绊于吕蓓卡。

一切旧物宛如无声提示：似是故人来，你，不过是她的影子和投射。

任何续弦面对这情形怕是都自信不起来，更何况孙用蕃，在三十六岁并不如花似玉精力无限的年纪，不仅接手了一个中年男子、一栋老朽屋子，还有两个半大孩子——女孩子还是敏感而古怪的张爱玲。

她的前任，那个叫黄逸梵的新潮女子，用离去宣告了她的永恒。

人类最魂牵梦萦的情感，不是"得不到"，就是"已失去"。对于张廷重，前妻黄逸梵既是他的"得不到"又成了他的"已失去"，那份"思君忆君，魂牵梦萦，翠销香暖云屏，更那堪酒醒"的小情愫，不迟钝的人都能察觉，更何况夜夜同榻的续弦？

其实，她的出身也相当显赫。

孙用蕃的父亲孙宝琦是清末山东巡抚、驻法德的公使，两度出任民国总理，一妻四妾生了八男十六女合计二十四个孩子，这些孩子通通联姻豪门，比如庆亲王，做过北洋政府总理的钱能训、袁世凯、盛宣怀、王文韶、冯国璋等都是孙宝琦的儿女亲家。不过，这些子女中最出名的反而是七小姐孙用蕃，倒不是因为她做了惊天动地的大事，而是因为她成了张爱玲的后母，打了继女一个著名的巴掌，被那支生花的笔反复描摹。

一个续弦，最大的忧郁恐怕就是前妻的影子和前妻的孩子，不是情非得已，谁愿意去蹚这摊浑水？三十六岁的孙用蕃显然有她的苦衷。

张爱玲在《小团圆》中以孙用蕃为原型塑造了耿翠华，耿翠华有太多的不满和遗憾，她像一个流落在社会与家庭边缘的人。据说年轻的时候，爱上了贫穷的表哥，私订终身而不被家庭认可，跟表哥相约服毒殉情，又遭遇男方反悔，她虽然活下来了，却变成一个笑话。

门庭森严、死水无波的豪门望族，怎能放过这样轰动性的笑话，她的故事被反复咀嚼和发酵，可想而知，她是带着怎样的耻辱和缺憾绝望地挨着日子，不再指望门当户对的婚姻，甚至，不再憧憬人生的转机。

鸦片成了她的救赎，她怀着满腹心事，斜卧在一席烟铺，烟雾缭绕，希望渺茫，在父亲家里当个失宠而难堪的老姑娘，积攒了一肚子的情绪垃圾。

《小团圆》写得太逼真，以至于我总疑心这是孙用蕃的真实经历。虽然这段情事不可考，但孙用蕃待字闺中脾气不好却是事实，沉迷鸦片也是真相。以她的出身，过于下嫁不被允许，给张廷重做填房已经算不错的选择。所以，对于婚姻，她应该是珍惜而向往的，对于张廷重的儿女，她一开始也怀着期冀。

祈望新生活盛大开始，她为自己要求了豪华的铺陈。

1934年，她与张廷重在上海最高档的礼查饭店订婚，半年后又在华安大楼举行婚礼，她像一份隆重的大礼被接进张家。

可是，很快她便发现危机四伏。

丈夫住在前妻娘家的弄堂里，和前大舅子一起嫖娼；小姑子张茂渊跟前嫂嫂形影不离，甚至被笑为"同性恋"；两个半大的孩子虽然吃用都是她的钱，心却向阳花一般朝着自己的生母；家中仆佣，尽是前女主人挑选的可心人；尤其揪心的是，自己没能生育，前妻却与这个家庭有着无法割断的血脉。

看似不错的婚姻，不过是座吹气便倒的纸房子。

倒了怎么办？重回父亲那个尴尬的家，过更憋屈的生活？

不，绝不！这场婚姻是她的全部。

她迅速启动三百六十度全方位婚姻保护网。

她张罗搬家，从黄逸梵娘家的弄堂搬回麦德赫司脱路李鸿章的旧宅。那座民初的老洋房既空且大，幽深不见天日，一家四口住并不合适。但她坚持要搬，还搬得风光气派，不仅昭示李家后代的出身，更彰显新主妇持家有道。

她遣散家里的老仆人，一点点抹去前妻的印迹。甚至，门厅的画作也换成好友陆小曼的油画瓶花——既然前妻有徐悲鸿那般著名的画友，自己也有陆小曼这等风光的闺密，她在每一个角落和前女主人较量，一定要为自己整出一个扬眉吐气的新天地。

杨振宁曾说，翁帆是上帝赐予他的礼物。对于张廷重而言，孙用蕃未尝不是老天意外的馈赠，两人的契合度犹如齿轮咬合，让人不禁唱叹，倘若当年媒妁之约的是他们，该省去了多少麻烦。两人一样爱吃进口的罐头芦笋，爱喝鸭舌汤，喜欢新鲜轿车，甚至，她还有一手无人能及的烧烟泡的好手艺，能够伺候他在烟榻上吞云吐雾，微醺沉醉。

有了孙用蕃现世的陪伴，黄逸梵这个前生的梦影日益模糊。

当生活成了一场垂直降落，你能选择的，除了闭上眼睛听着耳边呼啸的风声，感觉着身体越来越迅速的坠落，抱紧那个和你共同下降的人；还可以清醒地凝睇世界，果断推开拉你降落的人，独善其身过好自己的日子。

孙用蕃是前者，黄逸梵是后者。

所以，她和张廷重这对中年半路夫妻感情日益深笃。《小团圆》里写，有一个冬天，一家人在起坐间吃午饭，乃德先吃完了，照例在室内踱步，走过翠华背后时，拿起她的热水袋放在她的后颈上，笑道："烫死你！烫死你！"翠华一边笑着偏头躲开，一边说"别闹，别闹"。如此温热的夫妻互动，在张廷重与黄逸梵那里不曾有过。一向阴郁的张廷重，变成了一个会跟妻子逗乐的人。

婚姻的改造，几乎要成功了。

如果不是坐吃山空的活法不能兼顾每个人的需求，孙用蕃也不至于成为凶悍可憎的后母。自己和丈夫开支巨大，孩子再不节俭，日子如何继续？

她的节俭之道是把自己的两箱旧衣服送给张爱玲，虽然她认为这些衣服料子上好，基本没怎么穿过，可对于一个八岁梳爱司头十岁穿高跟鞋的女孩，那根本不是礼物，而是侮辱。小时候的衣服，敏感少女一件件记得分明，白底小红桃子纱短衫，飞着蓝蝴蝶的洋纱衫裤，姨太太用整块丝绒做的小斗篷，被老妈否定了的俏皮的小红袄，还有没上身就小了的葱绿织锦的外国衣服。

透着昨是今非的凄凉，以及后母不如生母的叛逆，孙用蕃一厢情愿的赠衣成了张爱玲的梦魇，她在《童言无忌》里怨怼："有一个时期在继母统治下生活着，拣她穿剩的衣服穿，永远不能忘记一件暗红的薄棉袍，碎牛肉的颜色，穿不完地穿着，就像浑身都生了冻疮；冬天已经过去了，还留着冻疮的疤——是那样的憎恶与羞耻。"

节俭尚且不够开销，张爱玲又提出去英国留学。

1937年，黄逸梵特地为女儿的教育回国商量。家道早已今非昔比，留学费用不菲，张廷重断然拒绝，避而不见。孙用蕃冷眼旁观，自觉钱和老公都受到了威胁，忍不住嘲讽："你母亲离了婚还要干涉我们家的事。既然放不下这里，为什么不回来？可惜迟了一步，回来只好做姨太太！"

这番冷语背后针对的，显然是隐形情敌黄逸梵；可是，这样的嘲讽讥诮伤害的，却是张爱玲那颗骄傲的、青春期少女的心。

于是，争执中，万恶的后母打下了著名的一巴掌。

这一巴掌，对于张爱玲是静静的杀机，对于孙用蕃，未尝不是拼尽全力的还击。她打尽了心底的憋屈，打向离了婚还阴魂不散的黄逸梵，打向怎么养也不贴心的张爱玲，打向所有对她的婚姻不怀好意的人。

果然，一巴掌打断了母女情，打跑了小姑子，打散了前妻的魅影，也打出了她的安全感——这个家终于成了她说一不二的完整领地，即使这片领地最终败落为仅剩十四平方米的汽车房，但，只要她是这里唯一的女主人，是她丈夫唯一的妻子，已经足够。

江苏路285弄28号，住着张爱玲的弟弟、一辈子独身的张子静。

他仅有的一次结婚机会，女方要一块一百二十元人民币的上海牌手表，也就是普通人两个半月的工资，但是张子静没有这笔钱，张廷重也嫌贵，就像当年觉得学费贵放弃了独子的读书求学一样，家里放弃了他的婚姻。

还有一个非常高雅的老太太，邻居们甚至觉得"高雅"一词都不能描摹她的风度。她面容端庄，皮肤是那种几代人过好日子积累下来的白皙。她和邻居合用一个保姆，冲冲热水瓶，磨磨芝麻粉，也喜欢弄堂里乖的小孩，时常把他们叫来，给他们吃蜜饯、糖果，还冲芝麻糊。有一次，邻居看到信箱的玻璃小窗口露出一封信，写着"孙用蕃收"，那是寄卖商店寄来的，通知她一件裘皮大衣已经出手。

哦，原来，这就是那个凶神恶煞的著名继母。

于是，有人问起当年的那一巴掌，女作家笔下母夜叉般的继母轻轻笑了，淡淡地说："张爱玲成了著名作家，如果是由于受了我的刺激，那倒也不是坏事，恶名骂声冲着我来，我八十多岁的人了，只要无愧于心，外界的恶名我愿认了，一切都无所谓的。"

她的朋友，邵洵美的太太盛佩玉去看过住在十四平方米小屋的她，盛佩玉回来后没有多话，只是说："她一直照料着张爱玲的父亲，替他送终，这已经足够。"语气里透着懂得的悲悯。

一个剽悍的继母，一个平和的老人。

两种眼光，两个故事。

在这场续弦的婚姻中，起初是感情的博弈，之后是金钱的较量，最终在生命的尽头殊途同归，恢复平静。

每个续弦都有隐痛，就像每个后母都有苦衷。

最寒荒的，不过是"情"，或者"钱"。

幸福从来不是稳稳的。

治愈你

榴莲有多臭，要吃过才会知道；后妈有多难当，要经历过才会明白；幸福有多易碎，要争取过才会了解。

每个女子都希望有一份稳稳的幸福，能够抵挡世间的残酷，在某些不安的夜晚，能有个归宿。可是，幸福果真是稳稳的吗？它被多少无形的手撼动，或许是个未曾远离的前妻，或许是名不愿放手的前男友，或许是位难以沟通的婆婆，或许是左手拉右手的审美疲劳，或许是贫穷困顿的凉薄……

只要你有矢志幸福的决心，就有勇气向磨损幸福的元素挥出巴掌，即便付出孙用蕃那般恶名在外的代价，至少争取了现世的稳定与平和。

于是，孙用蕃最终获得了二人世界中稳稳的幸福。

张 爱 玲 ：

小 姐 爱 上 凤 凰 男

曾经有一阵子，小区地下车库的入口处总是横着一辆奥迪，其实空车位很多，但它就是唯我独尊地横在最让人不便的地方，业主和保安贴过无数次字条请车主挪车，依旧毫无动静。

一个月黑风高的晚上，我仔细勘察了地形和监控摄像头，把垃圾桶里的烂菜叶和剩汤水全泼到车上，用油墨笔在前挡风玻璃上写：缺德。挪车。

第二天一早，邻居们奔走相告：奥迪君洗得锃亮规规矩矩停在车位里，从此再没有出现在车库入口。

甚至，热心的邻居很快对奥迪君的故事了如指掌，这个省会周边三县一郊的男子，原本在公司做销售，意外获得老板女儿青睐，成为老板的女婿之后，人生立即翻盘，那辆座驾，便是岳父的礼物。

果然，凤凰男逆袭的穷凶极恶在于，经历了漫长的苦涩与等待，终于熬到柳暗花明之后，便视你的宽容为软弱，视你的教养为可欺，视你的尊严如草芥，最终，视你的爱情如粪土。

比如胡兰成。

胡兰成原名蕊生，1906年出生在浙江嵊县，家在距县城几十里的下北乡胡村。在他花团锦簇的文字中，父亲豁达慷慨、母亲平静和悦，两人闲时对坐小饮，举案齐眉的，恰如一对不老的金童玉女。

透过字里行间的些微亮光，明眼人读出，他的祖父原来开茶叶店，也曾阔过一阵子，到了他父亲手上，经营不善倒闭了，只好在别人的茶叶店里做些杂活，却还是无法维持一家生计，以至于长年累月地欠债，直到蕊生自己后来做了"高官"才还清。

他自幼喜欢读书，但若论学历，其实只有中学二年级，二十一岁为谋出路去了北京，在燕京大学校长室抄写文书的同时旁听学校课程。这一步，是他蛹化为蝶的关键，在燕京的时间虽不长，却大大开阔了眼界。

北伐军兴起后他回到浙江，先后在杭州、萧山两所专科学校任教，成了知识分子，却依旧穷困，发妻唐玉凤去世时，家中无力下葬，他四处苦苦告贷却求助无门，最后在干妈那里借得六十元，还招来一通奚落。

这件事对他刺激很深，他甚至从此放弃了任何正义感，一心只想向上爬，就如他自己所说："我对于怎样天崩地裂的灾难，与人世的割恩舍爱，要我流一滴眼泪，总也不能了。我是幼年时的啼哭，都已还给了母亲，成年的号泣，都已还给了玉凤，此心已回到了如天地之不仁！"

如此冷血的人，日后在政治与生活上的表现种种，也就可以理解了。

由于脸皮足够厚，寄人篱下也能端得住，他很快便得到了"老大"的恩典，汪精卫给他加了薪，月薪从六十加到了三百六，隔三岔五地，还给个一千两千的"机密费"打赏。

老大给钱很猛，喜欢用钞票，总是从密室里搬出一摞大钞，砰砰甩在小弟眼前。这样的场景，早期的香港黑帮电影《英雄本色》《喋血双雄》里看过很多，一般知识分子哪里受得了如此的轻慢，蕊生便贴心地解释说，汪先生这样给钱的方式，透出民间人家对于朋友的一种亲切。

他倒是不见外，可见，遮掩困窘，把自己打扮成苦界中拈花而笑的君子，是凤凰男的特异功能之一。

1943年的南京，或许正是金秋十月的某一天，万里无云，气象可人。

蕊生坐在院落中的紫藤椅上，落叶缓坠，时光悠游，随手抽出茶几上的一本杂志，封面是俊逸的两个字：《天地》。

他信手翻阅，眼光在一篇名叫《封锁》的文章前，停驻了。

他看了一两段，眼睛被摄住了，连身子都不由自主坐直了，看到精彩处，甚至把腿盘上了紫藤椅，看完，又翻回来，重看。他看了一遍又一遍，一遍遍击节，一次次向朋友推荐，朋友夸赞说好，他依然觉得不过瘾，觉着那一个"好"字太平淡，甚至写信跟冯和仪——笔名叫苏青的编辑打听作者，对方答复，作者是个女子，叫张爱玲。

他便说了那句著名的话："我只觉得世上但凡有一句话，一件事，是关于张爱玲的，便皆成为好。"

于是，他便去了张爱玲的居所，静安寺路赫德路口一九二号公寓六楼六五室。

来自浙江嵊县下北乡胡村的中年男子，用"华贵"来形容当红女作家的住处。

居所由张爱玲的母亲、清末七省水师提督的女儿黄逸梵亲手布置，充满了摩登、明艳而妩媚的色调，真正的贵族品位，早已超越了遍地古董、满墙名画炫耀性消费的浅薄粗鄙。

当年，只见识过邻村地主家小姐轿子围帘后倩影的男子，哪里想象得出十岁便穿高跟鞋梳爱司头的奢华，这间出乎意料的香闺，就像三十六床羽绒被下的豌豆，证明了主人是位真正的公主。

蕊生深深地折服了，凤凰男立即爱上了大小姐。

好出身的姑娘们记牢了，凤凰男最爱招惹的就是涉世不深、自命不凡、家世优越的女子，而且一招惹一个准。

姑娘们总被他们悲戚坚韧的往事打动，为他们拘谨、含蓄、义无反顾的奋斗精神流泪，幻想给那个背井离乡的孤单背影一个扎实的拥抱，融化那颗坚硬冷偏的心。可是，沉舟侧畔千帆过尽，大多数姑娘最终不过又成为他那条阴沟里翻了的船。

就像胡兰成，一直以名士风流自居，见过的女人太多，随处留的情也滥，但是，张爱玲这样一个旁人不可比拟的女子他没见过——她的气质是从内在里溢出来的，慑人得紧。对于他这个从乡间底层挣扎上来的男子，她身上的"贵族气"就是最大的吸引力和奢侈品——被高贵孤绝的才女死心塌地地爱着，该是人生多么大的胜利。

所以，他虽然没有一下子就喜欢上她，也不认为她有什么美，但他知道这个女子的可贵，就像一个明明喜欢明清粉彩的古董贩子，突然见到了一盏稚拙高傲的汉代宫灯，虽然不是最爱，但他知道那值钱。

于是，他调动起每一个脑细胞编织情网。

他与她谈诗论赋，欣赏她的有理有据，赞美她的独到见解，犹如一面镜子，照出她最光彩照人的一面。

他撒娇般嗔怪她太高，批评她的外表，借此打击她门第高贵烟视媚行的自信。

甚至，他欲擒故纵。芙蓉帐暖春宵一度，清晨，她要他提着鞋子轻手轻脚地离开，担心被姑姑听见。他却故意穿上皮鞋，落地有声地离去，每一步都踏在她的心尖上。

于是，她被征服了，想道：这个人是真爱我的。《小团圆》里的这句话，和《色·戒》里王佳芝在关键时刻的那句话一字不差，她很快交出了自己的爱情、尊严、金钱和身体。

大多数志向远大的凤凰男，调情手段都是一流的。

他得意地把成功张扬得全世界都知道。

他对标榜文明的城市文化人说，爱玲英文好得了不得，西洋文学的书读得像剖瓜切菜一般，换得一片惊服。

他对看重出身的官宦人家的太太小姐说，爱玲家世高华，母亲与姑母都西洋留学，九岁即学钢琴，她们听了当即吃瘪。

甚至，爱玲有张照片，珠光宝气的，她自己很不喜欢，他却拿给一位当军长的朋友看，换得他的羡慕。

凤凰男的胜利，绝对不能锦衣夜行。

终于，他娶了她。

只是，仙姿盛大的张爱玲压根拴不住胡兰成滥情的心。

他不省心地勾搭上年轻的寡妇范秀美，堂而皇之地用张爱玲的钱养护士小周，甚至，范秀美怀了孕也找她伸手要打胎费。她一次次拿出自己的钱，就像拿出自己的爱一样为他擦屁股，终于，这场爱情耗尽了她所有的热情与母性。

她决定与他分手，不仅给了一大笔钱，还写下一段无比感性的话："我已经不喜欢你了。你是早已不喜欢我了的。这次的决心，我是经过一年半的长时间考虑的，彼时惟以小吉故，不欲增加你的困难。你不要来寻我，即或写信来，我亦是不看了的。"

玲珑剔透、冰雪聪明的女子其实很明白，他这样的男人是绝不会真的寻她。他把滥情视为胜利，在《今生今世》里扬扬得意地向每个爱过的女子示好，心里没有半点道德底线。

那么，她为什么会爱一个人渣那么久？

与其说她爱他，不如说她爱着恋爱中的自己，以及自己在恋爱中的情绪：激烈、忧愁、甜蜜、颤抖、思念、纠结……一系列的情感，一个高度敏感和自恋的才女不过是爱上了爱情本身，并为这爱情付出了一生的代价——如果没有这场恋爱，她无论怎样我行我素外界都奈何不了，但是，一旦和"汉奸"胡兰成有了关联，她就必须接受舆论最严厉的评判。

或者，她在内心深处，对于一个从乡下来到大都市的有政治背景的男人，有种莫名的征服感和展示欲。

这就是凤凰男的威力。

好像《红与黑》中的于连·索黑尔，《红玫瑰与白玫瑰》中的佟振保，他们向来是养尊处优、未历沧桑的女子的天敌，他们胸腔里回荡盘旋的，始终是带着回音的呐喊——"光宗耀祖、妻妾成群、光宗耀祖、妻妾成群……"

幼年的惨痛往往让成年的他们更加冷酷和世故，一个女子又怎能弥补当年一路攀爬错失的风景？

他们是有志青年吗？不，他们与有志青年只差一步，那一步，便是心狠手辣、忘恩负义。

女作家张爱玲游刃有余地应对男文人胡兰成，而大小姐张爱玲却拿凤凰男胡兰成毫无办法，在她的生长环境中从来没有应对这种生物的经验，她懂得"忍"，却做不出"狠"和"滚"。

她对夏志清软软地说："胡兰成书中讲我的部分缠夹得奇怪，他也不至于老到这样，我要是回信势必出恶声。"

她已经忍成了内伤，他依旧得意扬扬地消费她的名气。

一辈子，她都下不了狠手泼他一身烂菜叶子。

治愈你

高段位文艺女青年的爱情都是有范儿的，总会让人感觉到有文化和没文化，有情怀和没情怀之间的区别，比如大小姐张爱玲，她的教养使她即使在被辜负了之后也能不出恶声。

她的周遭不会有人告诫，少招惹和你文化差异太大、生活背景相距太远的男人，他匍匐在地上仰望你也不用感动，当年他趴得有多低，后来蹦得就有多高，好像从一只温顺贴心的狗，变成一条冷酷凶暴的狼。

凤凰男不是有志青年，有志青年的梦想在事业，凤凰男的期盼在婚姻，有志青年从来不巴望通过婚姻去实现人生的翻盘，凤凰男却利用一个女人改变自己的一生。

苏青：
坦白与真诚代价巨大

作为曾与张爱玲齐名的女作家，苏青走红的时候，婚姻不幸的女人们都去她门前排队以求心灵鸡汤。她既是婚姻咨询师，也是女性心灵向导，她的笔触带着女子碎碎念式的独白，直率、感性而辛辣，笔端轻易出卖了原本希望隐藏的情感。

她就像一个二十世纪三四十年代上海马路上寻常的女子，独自去工作、剪衣料、买皮鞋、看牙齿、跑美容院。夹着讲义信步于校园林荫道；驻足在灯火辉煌的百货店橱窗前；也去杂志摊买《良友》画报；还坐在新式抽水马桶上看《小说月报》，并且边看边笑，遇到精彩的句子甚至要大声读出来；去理发店做发型时，即便是再恐怖的电烫机吊在脑袋上，纤细的脖颈也挺得住。

她独立而热闹，脸上带着看透一切的清醒，心里却藏着看不透自己的茫然。

张爱玲说苏青是"伟大的单纯"，张女士眼光的毒辣和用词的精到自然毋庸赘述。而王安忆则说苏青"有些被张爱玲带出来的意思"，的确，她们都是上海成为"孤岛"时走红的作家，很多人了解苏青也是源于张爱玲那句"把我同冰心、白薇她们来比较，我实在不能引以为荣，只有和苏青相提并论我是心甘情愿的"。

能够被孤绝自傲却才华横溢的张女士欣赏，多么不易，而实际上，张爱玲的成名作《封锁》就是刊登在苏青编辑的《天地》杂志，胡兰成与张爱玲的相识也是经由苏青，且不论这相识是否正确。

苏青1914年出生在浙江宁波一个非常富裕的家庭，属于城市新兴的市民群体，因为父亲在哥伦比亚大学求学，她便被寄养在外婆家。此时，外公已经离世，外婆家是清一色的女性，对女子贴切的观察和感同身受的体悟，成了她成长过程中不可省却的一幕。

比如，外公与一个唱戏的好上了，外婆气得浑身乱抖却不敢吱声，怕人笑话她吃醋，几番思量之后，三从四德的外婆想通了："男人三妻四妾是正经，索性劝你外公把她娶进门来，落得让人家称赞我一声贤惠。"

母亲是女子师范毕业的女学生，父亲虽然不纳妾，可是玩啦、嫖啦、姘居啦，种种把戏，层出不穷，母亲气灰了心，索性不去管他，继续尽自己贤妻良母的天职。

家中的女性成员一概对婚姻失望，便把满腔的慈爱与柔情投注到年幼的她身上，于是，她有了一段相对幸福的童年，宽松环境成长的她热情而率直，丝毫不矫饰。

1933年，她考入国立中央大学（现在的南京大学）外文系，不过，在家庭的安排下，她和自己的母亲与外婆一样，早早地结婚。甚至，为了结婚，她辍学了。

人生必须自己走过，才能感觉到脚上的疱和看过的风景，别人不管怎么说，都是遥远，不关己身。如果说家庭里女性的命运和生活给了她间接的经验，而到了她自己这里，那些耳闻目睹的场景都转换成了切肤的感受，刺痛过外婆、母亲、姐姐的荆棘又在她这里肆虐。

　　因为怀孕，她从大学退学回家，可是，女儿的出生却令满心期待的公婆失望。

　　那天，她刚刚经历了死去活来的疼痛，医生忙里偷闲毫不在意地说："是女的。"

　　顿时，屋里安静下来，孩子也似乎哭得不起劲了，她心中只觉得一阵空虚，不敢睁眼，做了件错事似的惭愧着偷听旁人意见。

　　婆婆咳嗽了一声，没说话，小姑子却冲过来："原来是女的，何不换个男孩？"

　　此后，连生三胎都是女孩，她在夫家彻底成了个罪人。

　　可是，她却在心底说："我的女孩，我爱她，只要有她在我的身旁我便什么都可以忍受，什么都可以不管，就算全世界人类都予我以白眼，我也能够独自对着她微笑。"

　　战争爆发后生计困难，儿子也出生了，一家人张口要吃饭，丈夫事业并不景气，向丈夫要家用钱时，她挨了他一耳光，这一耳光，把她打成了职业女性，家族中一代代女子绵延下来的酸恨，最终积攒成了叛逆，从此，她走上卖文为生的女作家之路。

　　和同时代女作家或风花雪月的吟咏，或清丽脱俗的游离，或旗帜鲜明的革命，或高亢理想的激进不同，她的文章都是身边事，柴米油盐、家长里短、儿女情长。这个聪明外露的女子始终保持着清醒的洞察力，人生是多么实际，浪漫和美丽不是没有，只是掺杂在世俗、辛劳和众多小龃龉里，并不显得那样美好。

所以，她总说大实话。比如，"我爱钱，因为钱可以得到一切，这是最高的目标。其次呢，是用权力来攫钱最便当"；又像"西施是经过吴王夫差的宠爱才成名的，不然只凭她一个老死苎萝村的乡下女人，还配这许多历代诗人替她歌颂吟咏吗"。

放在现在，挺像生活在你我身边的闺密，不矫情不虚伪，带着点小女人锱铢必较的现实，却总能坦率地说真话。

如果张爱玲是从云端冷眼俯视芸芸众生的悲欢离合，她就是热热闹闹地活在当下，参与着身边人的喜怒哀乐，她们像两个刚好互补的极端，留存着彼此欣赏、温暖却不干扰的恰当距离。

作为母亲，她有四个孩子要养，早已被生活淬炼得现实而泼辣。

她单枪匹马经营《天地》杂志，创刊号竟然一炮而红，她便马上实施杂志预订，八折优惠客户，新年还推出"特大号"加质不加价；她向周作人讨张签赠的全身照，登在杂志上，既做广告又讨周作人欢心；她还别出心裁地举办"命题征文"，花样不断翻新。

为挣发行折扣，她不怕丢人现眼，不怕吃苦，亲自扛着自己的小说《结婚十年》跑到马路上贩卖，与小贩"讲斤头"。聋哑作家周楞伽写文章揶揄她："作为一个宁波女人，比男人还厉害！"还作诗打趣："豆腐居然吃苏青，血型犹太赐嘉名。"

从此，她得了个"犹太作家"的诨号。

不过，她可不是娇滴滴的弱女子，立即寸土不让，反唇相讥，斥责周楞伽多管闲事："你耳聋，一张嘴又说不清楚。"这场笔墨官司俗到攻击生理缺陷，简直与骂街无二了。

她却说："情愿不当什么女作家，实在咽不下这口气！"

清醒的张爱玲早已看出端倪，说她不过是"伟大的单纯"。

对于自己接受周佛海、陈公博的资助，出版《天地》月刊，出席亲日活动，她回答得很坦率：

"我在上海沦陷期间卖过文，但我那是适逢其时，不是故意选定这个黄道吉期才动笔的。我没有高喊打倒什么帝国主义，那是我怕进宪兵队受苦刑，假使国家不否认我们沦陷区的人民也有苟延残喘的权利的话，我心中并不觉愧怍。"

这些泼辣迟早要付出代价，人人都知道，苏青这个女人太厉害，觉悟太低。

可惜，她写了一生家长里短的世故，却依旧是个单纯的女子，大家族生存的不易也没有把她训练得八面玲珑，她似乎始终没有参透，所有父慈子孝、夫唱妇随、情比金坚、和谐美满的背后，都充满了表演成分，在人生舞台上活得滋润的人，演技都不差。

她用她俗世的单纯与坦白和不真诚的年代死磕，最后玉石俱焚。

冷静而善于自保的张爱玲成了永恒，与老上海一起，她被永远定格在"粉丝"的怀念中，纵使后来在美国晚景凄凉，至少她没有受过苏青的那份罪，这是张爱玲的福气。

为了孩子，苏青没有走，她改穿了女式人民装，可那一身的民国气质却走进不了新时代。

她不是没有梅开二度的机会，曾经，她结识过一位颇有身家地位的对象，可是，当她与新男友吃饭时，几个孩子站在门口张望不敢上前。她伤感极了，怕再婚后儿女们会受苦，便坚持独身，恪尽为人母的责任。

特殊年代岂能放过她这个写惯了青衫红粉的女作家？她家被抄，人被斗，工作也被锡剧团辞退，生活窘迫。1975年，她从黄浦区文化馆退休，退休证上写着：原工资61.7元，按七折计算，实发退休费43.19元。

她原本住在市区的瑞金路，与邻居们共用厨房、卫生间，经常受人欺负。无奈之下，和郊区人家调换住室，以求安宁。

晚年，她与已离婚的小女儿李崇美和小外孙，三代人住在一间十平方米的屋子里，相依为命，她在致老友的最后一封信中说：

"成天卧床，什么也吃不下，改请中医，出诊上门每次收费一元，不能报销，我病很苦，只求早死，死了什么人也不通知。"

1982年12月7日，身患糖尿病、肺结核等多种病症的苏青大口吐血，走完了自己的六十八个春秋。

她被平静地火化，骨灰三年后被一位亲属带出国。

她临终前希望葬回老家，最终却与张爱玲一样远涉重洋，犹如她病危时想看一眼自己的《结婚十年》，遍寻不见，还是女婿高价复印了一本聊以慰藉。

天地之大，她和她的作品却无处容身。

曲终人散时有尽，花落人亡两不知。

一个单纯与坦白的女子，最终单纯坦白地离去。

生活是门艺术，更是一项本事。

前者需要天分，后者需要技巧。

当我们是个小姑娘的时候，不喜欢一个人恨不能跳到他面前指着鼻子咆哮："你知道我烦你吗！"

后来，我们长大了，不喜欢一个人却依旧和他敷衍，小心地藏起自己的不悦，换上含蓄的外套，大不了绕个道。百分百的坦白和真诚，就好像没装防护程序的电脑，随时能让生活崩盘，苏青这个直率不矫饰的女子并没有错，只是，人生哪能因为你个人没有错就一路绿灯呢？它总是板着面孔告诫你：适者生存。

吕碧城：
你让我成为更好的人

在民国灿若星河的才女中，我的安徽同乡吕碧城无论如何都能排在最耀眼的第一梯队。这种耀眼，由外貌、脾性与情感共同决定。

才女向来不乏眉目如画、贤良淑德的温婉派，但是，吕碧城却让人想起《红楼梦》里曹公对探春的描写："长挑身材，鸭蛋脸面，俊眼修眉，顾盼神飞，文彩精华，见之忘俗。"

的确，她的美没有半分温顺，充满凛冽与桀骜。

她的人生，似乎比她的相貌更不平顺。

父亲去世后，十二岁的吕碧城与母亲和三个姐姐被打上门来的族人以没有男丁为由，霸占家产，赶出家门。同时，已和吕碧城订婚的汪氏家族也宣布退婚。母女几人被迫寄人篱下，来到母亲的娘家安徽来安。

后来，大姐、二姐先后离家，吕碧城也寄居于塘沽舅舅家中。亲戚对母亲严氏和最小的妹妹坤秀就食于娘家极度不满，唆使匪徒绑架两人。为免受辱，母女服毒。当时的吕碧城远在千里之外，大姐吕惠如连夜疾书，向父亲的旧日好友、江宁布政使樊增祥求援，才及时救出了寻死的母亲和妹妹。

那时，她二十五岁，早已不悲愤，早已不惊慌失措，命运从来容不得一个无依无靠的弱女子用战栗、惊惶之类无用的情绪装饰，她必须果敢机智，必须为自己的未来签字。

所以，当求学之路被舅舅否定后，倔强姑娘孤身踏上了开往天津的火车。

人生的苦难往往是个定数，前半生承受太多，后半生便豁然开朗；上半场优渥闲适，下半场便难免寒荒局促。吕碧城恐怕是前者，幼年把一生的多舛耗尽后，岁月便只余下了绚烂——除了感情。

她到了天津，还没来得及承受漂泊与孤寂之苦，就遇到了伯乐兼知音：英敛之。

即便不了解英敛之，也一定听说过英家如雷贯耳的后辈们：他的女儿英茵是二十世纪三十年代最著名的影星，曹禺名剧《日出》里陈白露的原型；他的孙辈英若诚曾是中华人民共和国文化部副部长和话剧元老；孙媳吴世良是周恩来总理的英语翻译；当然，最为当代人熟悉的可能是第四代英达和曾经的媳妇宋丹丹。

英敛之本人，是满洲正红旗赫舍里氏，慈禧御赐"英"姓，《大公报》与辅仁大学的创始人；英夫人淑仲，闺名前有个更显赫的姓氏：爱新觉罗。

如今，早已无法还原英、吕两人第一次在天津佛照楼会面的情景。只是，这个年长她十六岁，亦兄亦父，早已功成名就的前辈，当即约定聘请吕碧城担任《大公报》见习编辑。他给了她那个时代离家出走的女性的第三条路，"堕落"和"回来"之外最光明的选择——独立，使她的人生从此翻开新的一页。

两人初识时的默契如同拼图般规整。

他是倡导创建现代大学的教育家，辅仁大学的首任校长；她是创议女子文明教化的先锋，北洋女子公学的校长。他主持了中国第一份激扬公论、开通民智的《大公报》；她是中国传媒史上第一个女编辑。他斥责对秋瑾的暴行"以猛狮搏兔之力擒之，野蛮已极，暗无天日"；她则用英文撰写《革命女侠秋瑾传》发表在纽约、芝加哥的报纸上。

那时的他们，应该是相视一笑俱知心的。

廖一梅曾说："人这一生，遇见爱，遇见性，都不稀奇，稀奇的是遇见了解。"

或许，只有吕碧城这样浓墨重彩的奇女子才会让英敛之刮目相看，继而心意相通。1904年5月13日，凌晨5点，辗转难安的英敛之填了一阕词：

> 稽首慈云，洗心法水，乞发慈悲一声。秋水伊人，春风香草，悱恻风情惯写，但无限悃款意，总托诗篇泻。
>
> 莫娱作浪蝶狂蜂相游冶，叹千载一时，人乎天也，旷世

秀群，姿期有德，传闻名下，罗袂琅琅剩愁怀，清泪盈把空
一般。

隔着一个多世纪的光景，依然能读出字里行间的倾慕、惊喜与感怀。

这篇词之后，还有两句字迹潦草、自言自语般的批注："怨艾颠倒，心猿意马！"

写下这些字句时，他大约三十七岁，如日中天，妻儿美满，人生如绩优股一般上扬，值得去"怨艾颠倒""心猿意马"的事情少之又少，何必一再收束感情，纠结不堪自我告诫莫误作"浪蝶狂蜂"？

那一定是内心震荡极了。

一个素来磊落粗放的男子，这些反常的举动自然逃不过枕边人的眼睛。

英敛之惶恐不安，英夫人淑仲也心绪难平，她和丈夫长谈，希望离开家去北京读书。此时，他们的长子英千里不过七岁，这对新派模范夫妻极其少见地起了嫌隙。

5月17日，吕碧城因事暂回塘沽舅舅家。楼下，英敛之与她"相对黯然"；楼上，淑仲则不发一言地写字、读书。

5月19日，淑仲终于克制不住，"因感情种种，颇悲痛，（英敛之）慰之良久始好"。

不过十几天的光景，三人心里都是风靡云蒸，跌宕起伏。

几乎没有文字详细描绘英敛之如何发乎情止乎礼，以君子之风克

制了感情，但是，吕碧城却显然因为他和自己的二姐吕美荪反目。

或许，才华与美貌一样，时日久了便稀松平常。英敛之乍见吕美荪，也是相见恨晚，他在日记中写："性情投契，俨如骨肉，相处百余日，不惟无厌意，而甚恨时日之短促，此次登船故不放心，送之塘沽。"实际上，他为了送吕美荪，耽搁了回程的车，滞留塘沽一夜。

吕碧城对这种殷勤烦懑不已。

1906年7月的一个清晨，吕美荪外出被电车撞伤，左腕骨折，吕碧城把她送到医院，英敛之不仅特意安排日本医生，还每天数次去医院探望，有时甚至留到深夜，直到吕美荪四个月后出院。

这对姐妹，在母亲去世后，因为各种说不清道不明的原因，形若参商，老死不相往来。

可是，如果不是和二姐的反目，很难看出吕碧城当年的用情。

如此骄傲的女子，眼见与自己有知遇之恩的男子渐行渐远，心痛绝望无法言说，只好迁怒于原本就意见不合的姐姐。假如不是英敛之在吕碧城心里实在有不可替代的重要位置，何至于此？任何人去撼动这个位置，即便亲姐妹，也绝对不可原谅。

这些纠葛中真正了然的或许是英夫人淑仲，对于吕美荪的出现，她从没有半分失态，反而与丈夫一起热情款待。

对于一个女子，谁是真正的威胁，而谁不过是过眼云烟，直觉上一目了然。

迟钝的往往是身处其中的男人。

人生种种相遇，要么是冥冥中的天意，要么是尘世中的历劫，直到度尽劫波，去往彼岸，才能明了过往的人与自己的因缘种种。

英敛之与吕碧城的疏离原因繁杂，一个主张君主立宪，一个赞同激进的革命党，但引起两人彻底破裂的，却是一件小事。

出名狷介的苏雪林对吕碧城推崇有加，曾从"某杂志上剪下她一幅玉照，着褐色薄纱舞衫，胸前及腰以下绣孔雀翎，头上插翠羽数支，美艳犹如仙子"。

这种女人欣赏的艳帜高张的打扮并不是英敛之的菜，他在《大公报》写了篇白话文章，"劝女教习不当妖艳招摇"。吕碧城看后立即投稿给《大公报》的对手《津报》，反唇相讥。

他觉得她强词夺理，她觉得他保守苛刻。

一件算不上大事的龃龉，使两人形同陌路。

我一位朋友曾说，最能激怒女人的不是三观不合，而是男人指责自己穿衣打扮没品，以及对外貌的嫌弃，这种批评直接打击了心底深处的自信。

当然，英敛之这样的男人肯定不会理解吕碧城的计较，只会认为她傲慢，听不进诤言。

一个是骄傲不愿辩驳，一个是刚硬绝不服软，于是，疏离与隔绝在所难免。

回头想想，多少曾经情投意合的伴侣都毁在了"三不"上：不低头、不解释、不反省。

女人和男人争执、吵架、强词夺理，不过是希望求得情绪的安慰和温暖的拥抱，可惜大多数男人都用逻辑和理性去摆事实、讲道理，逼得女人转身走人。

在情感上放弃了英敛之，吕碧城更加洒脱肆意。

她办女学，做总统府的女秘书，与富贵子弟诗文唱和，甚至长袖善舞，利用上流社会的人脉从事外贸生意，成为当时最成功的女商人。

她把家安在上海威海卫路与同孚路之间，和当时的达官贵人做邻居。房间里陈设着最新款的欧式家具，钢琴和油画点缀在客厅和转角，灯火通明，极尽奢华。甚至，她行为艺术一样地找了两个印度巡捕做保安，一大一小，小的那个长相酷似隔壁的驻日公使，两家的客人进进出出，心领神会大笑不已。

她热爱跳舞，常常穿着大露背的晚礼服，拖着长长的裙裾骄傲地踏上私家汽车奔赴舞场，对周遭的非议置若罔闻，甚至有理有据地写了篇《说舞》的文章，阐述中外舞蹈的变迁。

她热衷旅游，七年里足迹踏遍旧金山、巴黎、日内瓦、米兰、罗马等世界中心城市，常年寄身当地最豪华的酒店。气质高贵、出手豪绰的她，被当作东方的公主一般膜拜，纽约最著名的女富豪席帕尔德夫人也以请她出席宴会为荣。

就是这么一个御姐型奇女子，一生历经逃家、写作、办学、经商、全球旅行，致力慈善，最后皈依佛门。她不但把生命活到极致，而且样样都是先行者，其他人只有步其后尘的份儿。

我总觉得，只有李叔同和吕碧城这样经历过人生起伏的人，才是真正看透风景、大彻大悟之后的遁入空门，不带有丝毫逃避的意味。

吕碧城人生的精彩在于，她如同一株鲜花，既经历过破土而出的艰难，也承受过风雨交加的洗礼，既能够绚烂肆意地盛开，也参透怒放之后的平静与淡泊。她的生命，像一棵植物的自然旅程：走过花期的繁盛，拥有果实的丰厚，没有刻意的淡泊。

1943年，吕碧城写下了最后一首诗："护首探花亦可哀，平生功绩忍重埋。匆匆说法谈经后，我到人间只此回。"

二十多天后，六十一岁的吕碧城在香港九龙去世。临终时，含笑念佛，仪态安详。

落日的余晖红彤彤映射着香港维多利亚湾的海面，东边的天空半个月亮悄悄升起，一叶小舟把平静的海水划出一道弧度。

船上载着七位比丘尼，一色的灰色僧袍，其中年纪较大的一位，往海里一把把地撒着比黄豆略大些的灰色丸粒，丸粒落水后如莲花散开，被黑色的鱼影吞食。

吕碧城对自己身后的安排就是这样：遗体火化，骨灰和面粉为小丸，抛入海中。

1926年1月10日，英敛之逝世，灵柩归葬北京西郊八里庄慈寿寺塔根底下，这里是英氏家族墓地，除葬有英敛之之外，还有他的兄弟等人。

解放后，政府征用这块土地，英墓被迁移，下落不明。如今，这里成为海淀区的特色公园——玲珑园。

两个人，也算是殊途同归，在人间各自不留痕迹。

　　结婚就是成功，分手就是失败吗？一段感情成功与否，不是看最终的结果，而是看感情的品质。

　　很多时候牵手并不代表告成，分手更不意味着败北。在一起还是分开，除了相爱之外，还有很多必然或者偶然的因素。一段感情如果让你学会妥协、宽容、耐心、珍惜、温柔、才情、知识之任何一种，如果让你更加了解自己、善待别人，如果让你成为一个更好的人，就是可取的。

　　一个女子，要经历多少段没有结果的感情才能最终懂得：原来，曾经身畔的他，最大的意义，是让你成为更好的人。

　　一段爱情中，我们已经付出了情感、时间、眼泪、心痛，那就无须再付出怨恨和敌意了吧，只要当初没有刻意的欺骗和伤害，他都曾经如此美好。

王 映 霞：
爱 是 从 容， 不 是 舍 命

　　1927年3月，郁达夫奋笔给江南第一美人王映霞写情书时，原配孙荃正在故乡含辛茹苦地怀着孕，替他照顾婆婆和祖母，抚育一对孩子。而王映霞，也早已订婚。可是即便如此，也阻挡不了诗人的滚滚爱浪：

　　映霞：

　　　　两月以来，我把什么都忘掉了。为了你，我情愿把家庭、名誉、地位，甚而至于生命，也可以丢弃。我的爱你，总算是切而真挚了。我几次对你说，我从没有这样地爱过人，我的爱是无条件的，是可以牺牲一切的，是如猛火电光，非烧尽社会，烧尽己身不可的。内心既感到了这样热烈的爱，你试想想看外面可不可以和你同路人一样，长不相见的？因此我几次地要求你，要求你不要疑我的卑污，不要远避开我。

　　　　……映霞，映霞，我写完了这一封信，眼泪就忍不住地往下掉了，我我……

达夫

情书的原文比这段节选要长很多，当时三十多岁的郁达夫，完全像个深陷情网的少年，狂热而执着，就像他在情书里写到的那样，他"情愿把家庭、名誉、地位，甚而至于生命，也可以丢弃"。

不知是被这种"舍命的爱"蛊惑，还是被诗人的痴缠弄得心力交瘁，一波三折之后，王映霞终于答应嫁给郁达夫。

于是，1927年6月5日，这对新鲜的璧人在上海订婚。而孙荃，正在北京某产房里痛苦地呻吟着，努力地为准新郎生育第三个孩子。

订婚那天，郁达夫喜气洋洋，身上穿着一件体面的羊皮袍子，这件新人的新衣，却是下堂妇孙荃从北京寄来的。

我们或许都曾经遇到过一个许诺要照顾自己终生的男人，而这个人，却在某一天莫名又突然地转身走掉，那种天崩地裂、万事皆空的感觉，只有经历过的人才明白。大多女人都会在这个男人了无牵挂的背影里感到无限的绝望，觉得生活从此失去色彩和意义，寡淡得如同一张白纸，写什么都不再重要。

孙荃，自从与郁达夫分手后，一直独身，沉默独立地抚养三个孩子。

他只给了她六年幸福的光阴，她却还了他一生的守候，没有说过他半个字不是，别人提起那个负心汉，她始终淡淡地说："他是一位好丈夫，是一位好父亲，他没有对不起我们。"

感情的世界没有公平可言，深爱的那一方总是弱势群体。

从来，只见新人笑，不闻旧人哭，孙荃的悲戚很快被王映霞的幸福碾过。

1928年2月，郁达夫在杭州娶了新妇王映霞，柳亚子在诗里把两人称为"富春江上神仙侣"，是郎才女貌、人人羡慕的一对。

在那段只羡鸳鸯不羡仙的日子里，生活的确是甜蜜丰裕的。

王映霞在自传里说起曾经的主妇生涯满是骄傲。郁达夫每个月给她两百银洋的生活费，这些家用可以买二十多石白米，虽然不能与陆小曼的豪奢相比，但依旧属于比较富裕的人家。

颇有生活情趣的王映霞把其中的一半用在"吃"项上，经常花一块银洋买只大甲鱼，或者去市场里买六十个鸡蛋，饮食男女的日子过得滋润富足，傲骨贤妻的小主妇甚至半开玩笑地说："我家比鲁迅家吃得好。"

结婚的第七年，郁达夫拿出稿费和授课工资，在杭州修筑他和王映霞的爱巢"风雨茅庐"。

这座中式花园别墅位于大学路场官弄63号，著名学者马君武题匾，郁达夫亲自设计，正屋与后院以花饰砖墙相隔，后院建平房三间，作为书房和客房。离地半米，四周筑有台阶和回廊的一排三开间砖房，以及用影墙圆门隔开的另几间书房，里面假山点缀，树影斑驳。

这座别墅的独特之处并不完全在建筑，其中的孤本藏书更是价值连城。中文典籍八九千册，其中，宋、元、明代和清末的类书，以及清初的禁书，都是精本；线装类书中，上至《太平御览》《太平广记》，下至《李氏五种》等，都是极为难得的珍本。英、德、法、日文书，超过两万余册，英文书籍中，自乔叟至十九世纪以后的文学类的初版著作，收藏了十之八九；德文书籍中，歌德之前的作者的作品，也都搜齐；俄国文学的新旧译本，十九世纪以来的基本齐全。

这早已不是一所砖木结构的房子，而是一个倾注了郁达夫毕生心血和感情的家，这种心血渗透在建筑的每一个角落。即便是隔着将近一个世纪的光阴，我以参观者的身份站在风雨茅庐设计精巧的院落里，望着石阶上寂寥的落叶，都能确信当年郁达夫深爱过王映霞——一个男人如果深爱你，一定想方设法给你一个力所能及的体面的家。

遗憾的是，风雨茅庐未能遮风当雨。

这栋美丽的居所于1936年春夏完工；1940年3月，两人正式离婚。

爱情在的时候，爱你，爱我，那都不算爱。爱情走的时候，我很好，你也保重，那才是真的情分。

可是，才子郁达夫对王映霞显然没有这样的情分。

分居两地时，传出王映霞与许绍棣的绯闻，清教徒性格的郁达夫受了莫大刺激，他没有给妻子辩驳的机会，将王许二人的"情书"批量影印，声称是"打官司的凭证"，甚至在汉口《大公报》第四版刊登了《启事》：

王映霞女士鉴：乱世男女离合，本属寻常，汝与某君之关系，及搬去之细软衣饰、现银、款项、契据等，都不成问题，惟汝母及小孩等想念甚殷，乞告一地址。郁达夫谨启。

这些情书到底是什么内容呢？

当时，陈立夫受命处理这起绯闻事件，看到了两人的书信内容，说："我觉得挺奇怪的，许绍棣是个挺一本正经的人嘛，他也会写情书吗？我就拆开来看了，一封一封看下来，都是谈家常，也不是什么情书一类的，那么，后来我就把这一批信呢，还给了许绍棣，这个事情就是这样处理了。"

引起了轩然大波的情书，不过是朋友圈里的唠叨和关注，连耳聪目明的上司都没看出异样，却被才子作家闹了个天翻地覆。

不可外扬的家丑被抖搂成人尽皆知的焦点事件，虽然郁达夫事后再次登报声明是自己"精神失常"的误会，但是，任何一个女子都不可能原谅这样的怀疑和打击，两人的裂痕无法弥合。

再一次的风波发生在新加坡。

1939年郁达夫担任《星洲日报》副刊编辑，发表了一组名叫《毁家诗纪》的文字，包含十九首诗与一首词。表演欲严重的作家又一次展示了他和王映霞感情破裂，以及王映霞红杏出墙的全过程。

甚至，这位中国第一个涉及"性"描写的作家，记述了大量一般人难以启齿的家事，比如，夫妻在金华重逢时，妻子以例假为由拒绝同房，没两天却和许绍棣夜奔碧湖同居，等等。

这些文字，全部不求稿费只为发表。

一个久负盛名的男作家，用这样两败俱伤的方式展览家事，果真值得？

王映霞在香港的《大风》旬刊上看到了这组文字，下定决心离开——她已经被毁得难以在原来的生活圈苟活。

两个原本相爱的人，用生命中最好的十二年光阴证明：恋爱容易，婚姻不易，且行且珍惜。

晚年，王映霞回忆郁达夫："他对我好不好呢？真好。可是好的方式我受不了。"

一个用极端方式爱你的人，最终往往也会用极端的方式恨你。

舍命的爱情，几乎是才子们的感情模板。

王映霞从南洋单身回国，两年后，再做新娘，在重庆的盛大婚礼上重拾光彩。

此时，她的前夫郁达夫，正在苏门答腊的凄风苦雨中，躲避日本侵略军的追捕和屠杀。

也许失去了才觉得珍贵，王映霞走后，郁达夫懊悔地在诗里写：

> 纵无七子为哀死，犹有三春各恋辉。
> 愁听灯前谈笑语，阿娘真个几时归？
> 几时归，永远不归了！

是的，阿娘的人生从此翻篇，再也不归了。

钟贤道，华中航运局的经理，没有郁达夫的盛名与犀利，看上去宽容敦厚。向王映霞求婚时，他说："我懂得如何把你逝去的青春找回来。"

他给了王映霞一个盛况空前的婚礼，足以洗刷上一段婚姻带来的伤害和羞辱。

他们的女儿钟嘉利回忆，父亲确实呵护了母亲一生。

父亲给她写信，总是说"小心肝你好"，接着便是"老心肝也回来了"。"小心肝"是女儿，"老心肝"则是女儿的妈妈。

二十世纪七十年代，全家好不容易弄来维生素E，父亲说："这些都让你妈妈吃吧，我反正吃中药，中药对身体也好。"女儿知道，父亲其实是舍不得吃。

而王映霞，也是钟贤道理想中的女子。

她能干而独立，厨艺出色，是公认的持家能手。她和女儿开玩笑："那个时候要是在新加坡不回来，我就一个人在那边开一家粽子店，到现在肯定发财了。"

困难时期，她烧青菜面疙瘩，味道鲜美，全家叫好。

她想尽办法去黑市买六块钱一斤的猪肉、十块钱一盒的猪油，还养起了鸡，黑的叫"澳洲黑"，白的叫"莱克亨"，都是意大利种的。她把两只鸡养在厨房，每天用丈夫的中药渣饲养，保证它们每天各生一个蛋。

儿女们回忆，全家能安然度过那段最艰难的岁月，两只鸡立了大功。

美貌的女子，有文艺腔很寻常，不寻常的是，兼具日常生活的烟火气，这是大智慧。

特殊时期，已故作家郁达夫被打成"黄色作家"，先人已逝，罪名就由王映霞承担了。

别人问她："你交代，你跟反动黄色作家郁达夫是什么关系？"她坦率地说："我们当年是夫妻关系。"

她因为一个两次重创她的人，被拉出去游街，身后那个和她风雨相伴的人不停叮嘱："你们不要打她。"

伤害她的人、照顾她的人都离去后，她晚年独自生活在上海。

她把生活安排得井井有条，做任何事情都干净而干脆，八十多岁还去市场买旧橱柜回来，自己上油漆。她脸上没有一块老人斑，从来不用化妆品，只用最普通的甘油。

她生命的最后时光在杭州女儿家度过。西湖边，人们经常看到一位安静平和的老太太，都感叹："这个老太太怎么这么漂亮！"

2000年，她九十二岁，走完自己的人生，与承诺把她逝去的青春找回来的男子，合葬在杭州的南山公墓。

伤心之后，生活继续。

也许经历过疯狂才子，才会明白，爱是从容，不是舍命。

婚姻究竟是什么？鞋子吗？我总觉得，它更像一件打底衫，无所谓好不好看，但是，让你冷还是让你暖，却是切肤的感觉。

年轻时，我们在意的是谁给了自己轰轰烈烈的爱情；年长后，我们才关注谁从从容容陪伴自己终老。

与你在最好的年龄相遇的人，和与你共老的人，往往不是同一个。

孟小冬：
破镜重圆的可能性

分手声明大约是最难驾驭的文体。

措辞激烈了被指怨男怨女飞短流长，曾经模范夫妻的水晶相框华丽丽碎了一地；轻描淡写了被指薄情寡义，终成了负心汉。

究竟怎样写才算好聚好散，不伤情面呢？

不如参考崇文盛世唐代莫高窟壁画上的范文：

> 凡为夫妇之因，前世三年结缘，始配今生夫妇。若结缘不合，比是冤家，故来相对……既以二心不同，难归一意，快会及诸亲，各还本道。愿妻娘子相离之后，重梳蝉鬓，美扫蛾眉，巧逞窈窕之姿，选聘高官之主。解怨释结，更莫相憎。一别两宽，各生欢喜。

文风从容大气，给足祝福与情分，透出一派分手快乐的欣欣向荣和款款深情。

可是，孟小冬1930年在天津《大公报》头版连刊三天的分手声明却是另外一番语调。

这篇名为《孟小冬紧要启事》的文章称：

> 经人介绍，与梅兰芳结婚。冬当时年岁幼稚，世故不熟，一切皆听介绍人主持。名定兼祧，尽人皆知。乃兰芳含糊其事，于桃母去世之日，不能实践前言，致名分顿失保障。虽经友人劝导，本人辩论，兰芳概置不理，足见毫无情义可言。冬自叹身世苦恼，复遭打击，遂毅然与兰芳脱离家庭关系。是我负人，抑人负我，世间自有公论，不待冬之赘言。

字里行间透着一身的傲气、怨气和悲绝。

孟小冬与梅兰芳，须生之皇与旦角之王，在婚姻的轨迹里同行七年，却分别在二十六岁和三十九岁时此情可待成追忆。

孟小冬1907年生于上海京剧世家，祖父孟七（清同光时期的红净名角）和父亲、伯、叔都是京剧演员，1925年在京城登台，十八岁就一炮而红。

袁世凯的女婿、剧评人薛观澜曾把孟小冬的美与清末民初的雪艳琴、陆素娟等十位以美貌著称的坤伶相比，结论是"无一能及孟小冬"。当年撰写剧评的"燕京散人"也曾说孟腔"在千千万万人里是难得一见的，在女须生地界，不敢说后无来者，至少可说是前无古人"。

可是，如此美丽又年少成名的孟小冬在绝大多数照片中却没有笑容，她气质极好，冷静、沉稳却总透着点儿淡淡的忧郁，中年之后，又庄严得有些木然，气场强大凛然。

可以想象，一个从小唱戏，十二岁开始接替摔坏了腿无法演出的父亲跑码头养家的女子，必定早早体会了世态炎凉。当年的"戏子"社会地位低下，她在舞台上又扮演老生，生活实在没给她留下发嗲卖萌扮弱女子的机会。她的性格，充满了男性化的刚烈和决绝，还有年少成名的敏感与孤傲。

北京政要王克敏五十大寿时，席间有人提议梅兰芳和孟小冬合演一出《游龙戏凤》："一个是旦角之王，一个是须生之皇，王皇同场，珠联璧合。"

已过而立之年的他遇见了不到二十岁的她。

对于他，她是那么年轻那么美，与他一样年少成名前途无量，他在她身上仿佛看到了自己当年的影子，不同的是，她比自己又多了份遗世独立的果决。对于她，他不仅代表艺术的最高成就与声望，更像一把遮天大伞，让她迫切想把漂泊的人生安顿下来。

于是，台上阴柔之美与阳刚之俊的珠联璧合也延续到了台下。

1926年8月28日，《北洋画报》刊载了一篇署名"傲翁"的文章："小冬听从记者意见，决定嫁，新郎不是阔佬，也不是督军省长之类，而是梅兰芳。"

当时三十一岁的梅兰芳已经有王明华、福芝芳两位太太和一双儿女，孟小冬绝不愿委屈做妾，梅兰芳便提出当年曾过继给伯父算"兼祧"，即兼做两房的继承人可以娶两房正室。

名分解决后，两人于1927年农历正月二十四日，在东城东四牌楼九条三十五号冯公馆缀玉轩开始了新的生活。

只是，好日子只持续了九个月。

一个叫王惟琛的纨绔子弟暗恋她，得知梅孟结合后失去理智，携枪闯入冯公馆，《大陆晚报》的经理张汉举在交涉中被打死，军警又将王惟琛射杀，斩首示众了三天。

这桩血案使梅兰芳对孟小冬的感情有了变化。

大多数男人的爱情都建立在不伤害自己利益的前提下，一旦觉得安危受到威胁，梅兰芳的爱情之火便黯淡下来。

1930年，梅兰芳伯母梅雨田夫人过世，她依礼去守孝，被福芝芳安排人挡在门口叫"孟小姐"，拒不承认是梅家人，在强势的福芝芳面前，梅兰芳不置一词。

两房太太的矛盾愈演愈烈，捧梅集团中又分化为"捧福派"和"捧孟派"，"捧福派"认为孟小冬需要人服侍而福芝芳却能服侍人，"捧福派"最终占了上风，梅兰芳弃孟选福。

据说，爱情中男人与女人的关系大致有三种，男人被女人成全是第一种，比如梅兰芳。

他的三位夫人王明华、福芝芳和孟小冬都出身京剧世家，是在艺术上充满共鸣的解语花，前两位都为了他的事业放弃了自己的专业，一心相夫教子操持家务，以他的前途为前途，以他的喜好为喜好，让他不为琐事所累，集中精力成就艺术事业，她们都能低下身段"服侍人"。可孟小冬不同，她是当时难得的新女性，铁骨铮铮，一身傲气与灵气，她的幸福不但来自婚姻，更来自世界的认可，她渴望爱情而不乞讨爱情，她需要"人服侍"。

第二种则是男人成全女人，成全不仅是物质支持，更是精神提升。但是，像乔治·桑般幸运的女人显然不多，一个女子能够坐拥当代最出色的四个男人——诗人缪塞和海涅、小说家梅里美、作曲家肖邦。前三个被她以各种理由赶走，肖邦最长久也不过傍身十年，这些五光十色的经历成就了她的《康素爱萝》。

第三种是男人和女人相互成全，就像萨特和波伏娃，互为生活和事业中最亲密的伴侣和知己，彼此独立得惊世骇俗，一生努力寻找交集却无法长久相依，用《存在与虚无》和《第二性》彼此献祭。

而梅、孟的分离是性格、追求分道扬镳注定的悲剧，她恨他的不肯援手，他恼她的不愿屈就，一对拒绝妥协的男女电光石火地交汇，又流星般地分开，犹如孟小冬分手声明中的那句"是我负人，抑人负我，世间自有公论"。

说什么呢？什么都很多余。

1930年，孟小冬登报声明与梅兰芳分手。之后，她绝食，生病，避居津沽，甚至一度在天津居士林皈依佛门。

失败的婚姻成就了她的事业，她所有的心思都给了戏剧。1934年复出后一票难求，1938年拜余叔岩为师，成为京剧第一女须生，比起梅兰芳两位同样来自京剧世家的夫人，她的事业成就不可同日而语。

分手后，两人曾经有过一次同台的机会。

1947年9月，杜月笙六十大寿，以赈灾的名义邀请南北京剧名角前往上海唱义务戏。那次在上海中国大戏院的演出盛况空前，原计划演五天，后来延长到十天，票价更被炒到每张一千元。即使如此，剧场两侧也挤满了人，甚至马连良要看戏，也只能在过道加椅子。

对于这些热心的观众，除了看戏，最期待的便是梅孟能够同台演出。他们注定要失望了，在杜月笙的精心安排下，避免了让双方难堪的场面：十天戏排五天不重样的戏码，梅兰芳唱四场大轴，孟小冬唱一场大轴，五场演毕，翻头重复。

舞台上的二人没有相遇，梅兰芳的管事姚玉芙却说，孟小冬演了两场《搜孤救孤》，梅先生在家听了两次电台转播……

一声叹息。

1950年，四十三岁的孟小冬正式嫁给六十三岁的杜月笙，成为杜公馆的五姨太。

结婚时，久病卧床的老新郎坚持要叫好的酒席，管家万墨林便渡海到九龙，在九龙饭店点了九百元港币一席的菜，把九龙饭店的大司务统统拉到坚尼地十八号杜公馆来做菜做饭。喜期将近，坚尼地楼下的大厅不够摆十桌，临时又借了楼上陆根泉的大厅，邀请所有亲友全部到齐。

那一晚，他带病陪客陪到足，她脸上也露出了难得的喜悦，他把在香港的儿子、媳妇、女儿、女婿全部招来见礼，一律跪拜磕头如仪，唤她"妈咪"。又为"妈咪"备齐了见面礼，女儿、媳妇是手表一只，儿子、女婿则一人一套西装料。

他懂得她的心境，了解她的苦闷，可是，他很小心地把这份"怜惜"藏在心底。他深知她这样"荷尽已无擎雨盖，菊残犹有傲霜枝"的孤傲女子，绝不会轻易皱一下眉、叫一声苦，倘若贸然流露同情和怜悯，她一定会羞赧至极愤然而去。

于是，他忍着久病的痛苦跟她轻声细气地说话，聚精会神地交谈，平时也随儿女一道亲亲热热地喊她"妈咪"，"妈咪"想买什么吃什么只要略一透露，他便忙不迭地命人快办。

曾经叱咤上海滩的男人展现了难得的温柔，或许正是这接地气的柔情打动了不惑之年的她。此时，生活对她来说最紧要的无非是个温暖的归宿，只是，对于曾经把名分看得大过天的她，这未尝不是宿命的讽刺。

一个"黑社会"的爱情，与一个艺术家的爱情，真是天壤之别。

梅、孟分手后数年还曾有人试图说服孟小冬和梅兰芳合唱一出《红鬃烈马》，王宝钏苦守寒窑十八年，等来的却是薛平贵戏妻，命运的寒凉在这出戏里一览无余。

甚至，梨园界一直有种说法，当年梅、孟决裂时孟小冬曾生下一名女婴交由他人抚养，而京剧名家、梅门弟子杜近芳生父生母不详，且容貌酷似梅兰芳，便有人猜度，当年孟小冬生下的女婴是杜近芳。

我却始终觉得这些八卦不过是好心看客的善意撮合，分手后能否复合不仅取决于当初感情的浓烈度，更取决于分手时相互伤害的程度，纵使满怀爱意追悔莫及，而当初事已做绝、话已说狠，要峰回路转再续前缘也几乎无望。

心灵不是海滩，画上的字迹一个浪就覆盖了，它更像石雕木刻。曾经深刻的伤害历经多年风吹日晒，虽然好了疤结了痂却依然在那里，随时提醒那是一段怎样不堪的过往。

梅、孟的情感成为传奇，而传奇，很少会圆满。

························· 治愈你 ·························

二十岁的孟小冬和四十岁的孟小冬，对朝夕的期许是不一样的。

二十岁，有情饮水饱，明知对方给不了的仍然不依不饶地去讨要，落得个两败俱伤情分扫地。四十岁，原来那个奢侈的男人并不能伴你一生，原来那些华美的誓词和虚幻的名分都及不上一碗凡俗的热汤，原来，你期盼破镜重圆，而我早已失却了重归于好的兴致。

大多数的复合，都成了狗尾续貂的闹剧。

一个女子经常挂在心头的，不应是"破镜重圆"，而应是"重新开始"，前者是过去，后者是未来。

福 芝 芳：

经 典 " 旺 夫 相 "

深明大义有旺夫相的女子楷模是初中课文《乐羊子妻》中乐羊子的老婆。

老公外出求学一年回家，她跪着问回来的原因，老公说："在外久了，想家啊！"她听了立马拿起剪刀走向织布机："蚕丝根根积累才成布匹，现在剪断就会丢弃成功的机会，你求学半途而废和剪断这些布有啥不一样呢？"

乐羊子被这番话感动，回去重修学业，七年都没回家。

我常想，这个场景若是寻常女子会说什么呢？

多半会乐颠乐颠地娇嗔两句守着老公过幸福的小日子吧，所以大多数女人的老公也只能达到"老婆孩子热炕头"的境界。若想兼济天下成就事业，除了男人自身天赋异禀，娶个有"旺夫相"的老婆也很关键。

什么叫"旺夫相"呢？它至少包含三个层次内容：

第一，独立而耐得住寂寞，不给男人添麻烦，叽叽歪歪地黏人像林黛玉似的，老指着男人疼着宠着伺候着，男人哪有心思干大事啊？

第二，自觉地把丈夫的成功看得高于一切，急丈夫所急，想丈夫所想，永远是丈夫的啦啦队，遇到任何艰难险阻都要握紧拳头鼓起腮帮坚定不移地说："某某君，加油！"

第三，丈夫旺了之后依然能够守得住，吃得了苦也享得了福，不能他发达之日就是你下岗之时，那再"旺夫"旺的也是别人的"夫"；也别像王宝钏似的，守了寒窑十八年，只过了十八天好日子就与世长辞了，那可真是命薄。

这样一过滤，茫茫天地间具备"旺夫相"的女子，福芝芳算一个。

梅兰芳的戏迷有个特别的称谓叫"梅党"，搁在现在要叫"团队"，这个TEAM做任何事情的出发点都是呵护梅兰芳，福梅二人的姻缘就是梅兰芳团队重要成员冯六爷撮合的。

福芝芳是旗人，比梅兰芳小十一岁，从小文静内向不爱出门，总是和小花猫为伴，稍大点就和邻居的姑娘们一起在炕头上绣花，她那些当年一起玩的闺密后来都嫁了名伶，果素瑛嫁给了程砚秋，冯金芙则嫁给了开创京剧小生"姜派"的姜妙香。

她十四岁跟邻居吴菱仙学唱京剧，演出的《桑园会》《武家坡》《二进宫》颇受好评，被戏称"天桥梅兰芳"。父亲去世得早，外祖父离世后，她和母亲相依为命，困窘度日。母亲每天陪伴女儿上戏馆演出，为了安全，本来就身高马大的福母从此改着男装，再加上天生两肋插刀的侠义风范，福母被南城戏剧圈子称作"福二爷"。

"梅党"德高望重的冯六爷先去看过，对福芝芳有三条断言："长得不错，唱得不错，能生孩子。"——这些"优点"正是当时的梅兰芳、梅家和"梅党"不可或缺的。

于是，1921年的一天，老师吴菱仙和京城名流罗瘿公受梅家之托到福芝芳家说媒。精明的福母知道，梅兰芳人品好事业好，虽然已婚，但原配夫人王明华不能再生育，她果断谢绝了聘礼和定金，只提出两个条件：一是梅兰芳要按兼祧两房的规矩迎娶福芝芳，福芝芳与王明华同等名分不能做妾；二是自己只有一个女儿，必须让她跟着女儿到梅家生活，将来梅兰芳要为她养老送终。

梅家上下和王明华答应了。

于是，福芝芳嫁给了梅兰芳，开始了四十年"扶植芳"的贤内助生涯。

新婚伊始，福芝芳面临不少挑战，比如，怎样提升自己的艺术品位，如何像王明华一样打理好梅兰芳的事业，怎么和原配夫人王明华相处，等等。

在母亲的指点下，福芝芳几乎交上了满分答卷。

她知道自己年幼学戏，文化欠缺，便请丈夫聘了位家庭教师，常年住在家中教习，每天上午读书、识字、学文经，从不间断。

早上起床，先写一个时辰的毛笔字，然后从《三字经》《百家姓》《千字文》学起，之后是《唐诗三百首》《古文观止》，还会背《左传》。

除了古文，老师同时教她读白话文，阅读杂志。日积月累地学了四年多，她从起初的只能识读简单书信，到能看懂古文和白话文小说，再到可以陪着梅兰芳编排新戏、赏鉴绘画，进步神速。

所以，如此沉静、内秀、贤惠的女子，他会不爱吗？

除了家务和自修，她也常到剧场后台做些化妆、服装设计之类的工作。与王明华天生的艺术灵感不同，她情商很高，尤其善于化解矛盾，梅家班底演员之间的冲突和矛盾，总是她从中说和化解。

名角言慧珠1955年冬天试图自杀，抢救过来后福芝芳赶到医院看望，之后接她到梅宅调养，让她和自己的女儿同住一屋，就像她当年学戏时一样，听她的过往沉浮悲欢倾诉，真心心疼着这个"早生了一百年"的一代名伶。

尚小云被批斗抄家，长久的颠沛流离之后在故人家里吃了一顿"炒面疙瘩"，一边狼吞虎咽地吃，一边说："我这十几年也没有吃过这样的好饭菜了。"旁边的福芝芳笑着对他说："留神点儿，可别吃得太撑啦！"

当年读章诒和的《伶人往事》，只见她怀念了八位戏曲界泰斗，尚小云、言慧珠、杨宝忠、叶盛兰、叶盛长、奚啸伯、马连良和程砚秋，还诧异其中居然没有梅兰芳。后来才明白，梅兰芳在梨园行里的地位，已然是卓然众生之上的"伶界大王"，他照顾疼惜着风雨飘摇的时代里落魄迷茫的同行，身后最有力的执行者，便是福芝芳。

1929年初，王明华在天津去世，按规矩应由她的子嗣将灵柩接回北京，而她膝下无儿女，福芝芳立即安排自己三岁的儿子梅葆琛作为王明华的孝子到天津去接灵柩，孩子太小，便让管家刘德君抱着打幡，务必尽全孝子的礼仪。

梅兰芳、福芝芳带着葆琪、葆琛和葆珍给王明华戴孝送葬，用金丝楠木棺材装殓，葬入万花山墓地，这块墓地修了三座墓，留给这段婚姻中和谐的三个人。福芝芳对王明华，自始至终算是有情有义了，发自内心地认可并维护三人行的婚姻，这份聪明、耐心和大气，绝大多数女子都望尘莫及。

福芝芳不仅得到梅兰芳的爱情，十四年生了九个孩子，也得到了"梅党"团队的认可，顺风顺水的婚姻生活一直持续到孟小冬出现。

那是两人婚后第五年，梅兰芳在东城东四牌楼九条三十五号冯公馆缀玉轩娶了孟小冬，福芝芳伤心欲绝，不愿孟小冬进门，更不愿承认她。

如果说她对王明华是超越常人的义气，对孟小冬，则把普通女子遭遇爱情第三者的愤恨、嫉妒、决绝、城府表现得淋漓尽致。

人生，果真是个多面体。

为了与孟小冬争夺跟随梅兰芳去美国演出，在全世界面前以"梅夫人"的身份亮相的机会，她不惜请医生给自己堕胎，两难的梅兰芳只好谁也没带独自去了美国。

两人的斗争还扩散到梅兰芳伯母的丧礼上。孟小冬得信剪了短发，头插白花，来到梅宅披麻戴孝。刚跨入大门，即被三四个下人拦住，大厅里的梅兰芳面露难色，望着怀胎已快足月，镇静地坐在灵堂恭迎客人的福芝芳，说："不看僧面看佛面，小冬已经来了，我看就让她磕个头算了！"福芝芳刷地站了起来，厉声说："这个门，她就是不能进！否则，我拿两个孩子，肚里还有一个，和她拼了！"

一场艰苦卓绝的婚姻保卫战，就此打响。

两个水火不容的女人，给梅兰芳出了道难题，只能二选一，究竟留谁？

从表面上看，福芝芳的全职太太职业生涯没有太大亮点。

论容貌，她肯定比不上更年轻更美丽的孟小冬；论才华，孟小冬的唱腔被赞"前无古人"；论名气，"冬皇"名满京城、声震上海；论感情，多年夫妻虽然恩爱，浓烈程度却敌不过激情燃烧的时刻；论后援，孟小冬的"粉丝团"和好事的记者们早就期待着"伶界大王"与"须生之皇"的珠联璧合。

如此强劲的对手，她胜券几多？

往事不用再提，人生已多风雨。她再次老辣而又历练地交上满分答卷，也为饱受婚外竞争者之苦的老婆们，提供了智取老公的范本。

第一，立场坚定毫不动摇。她旗帜鲜明地反对梅、孟结合，表示孟小冬要进梅家门不过是场"美梦"，毫无商量余地，两人之间只能二选一。

第二，打好"亲子牌"。对于梅兰芳这样儿女心重的男人，孩子是最牵肠挂肚的牵绊，自己当时三子傍身，孟小冬还是有花无果。

第三，矢志不渝地发动持久战。再深厚的感情也抵不过平淡的流年，红玫瑰总有被时间涤荡成白玫瑰的时候，时间长了起跑线就一致了，美丽让男人停下，智慧才能让男人留下。

第四，找到团队，抱团作战。团结一切可以团结的人，寻求有分量的盟友，梅兰芳团队一致赞同"逐孟留福"，都觉得福芝芳能"服侍人"，孟小冬却需要"人服侍"，为了BOSS梅兰芳的幸福从长计议，还是福芝芳更合适。

第五，做好事件营销，找准命门，一举击溃敌人。孟小冬的铁杆"粉丝"袭击梅兰芳之后，福芝芳与"梅党"提出与孟小冬结合影响了梅兰芳的安全和事业发展，对于一个有梦想有追求的成功男人，什么比事业受阻更致命？

第六，抓住一切机会，展示自我优势。虽然反对梅、孟在一起，福芝芳可没有整天唠叨，大多时候她都是不动声色的。去美国演出前，梅兰芳给孟小冬和福芝芳分别留了几万块钱，回来时孟小冬早已花光，福芝芳不仅把全家老小照顾得妥妥帖帖，还结余不少，持家能力高低立现。

第七，懂得示弱。虽然关键时刻福芝芳做事凌厉，但她一直以梅、孟情感中的受害者形象出现，梅兰芳心疼她的伤心，也一直迁就她，与孟小冬另住"缀玉轩"。

在这场艰苦卓绝的婚姻保卫战中，知己知彼才能百战不殆，扬长避短才能战无不胜，天时地利才能攻无不克。

旺夫相的福芝芳最终绝地反击，孟小冬避走他乡。

很多人以为嫁得好比干得好容易，果真如此吗？

旺夫也是一种素质，需要怀揣满满的爱心和耐心，经历漫漫的忍耐和妥协，走过漫漫的纠结和磕绊，不然嫁得好也守不住。

婚姻甚至遵循着"适者生存"的自然界法则，在这场幸存者的游戏中，需要不断地审视自己、认清他人、把握全局、随机应变，才有可能留到最后。

只不过，大多数女人面临的问题不是怎么去"旺夫"，而是这个男人值不值得"旺"，"旺夫"与"旺自己"，究竟哪个成本更低、收获更大呢？

梅兰芳晚年发福,现成的羊毛衫裤总是紧绷绷穿着不舒服。福芝芳便亲手编织了粗毛线、细毛线,深色、浅色的毛衣、毛裤和毛背心。王府井百货大楼开张营业时,她一下买了十多斤深棕色的毛线,为丈夫和三个儿子各织了一件开衫毛衣。

而孟小冬,一直把梅兰芳的照片供在自己香港的寓所。

一个男人,是情愿被供在案头呢,还是穿着温暖牌毛裤呢?

治愈你

《武林外传》的编剧描述一个男人的爱情梦想:

少年时,想碰到一个聂小倩,拼了性命爱一场,天亮前带着她的魂魄远走他乡。青年时,想碰到一个白素贞,家大业大,要啥有啥,吃完软饭一抹嘴,还有人负责把她收进雷峰塔。中年时,想要一个田螺姑娘,温婉可人,红袖添香,半夜写累了,让她变回原形,加干辣椒、花椒、姜、蒜片,爆炒,淋入香油,起锅装盘。

假如女人想与一个男人厮守一生,做他永远的贤妻,最好既有聂小倩的妩媚妖娆,兼具白素贞的超能量,还得有田螺姑娘的奉献精神。

你,扛得住吗?

那些以为贤妻良母是项低技术含量工作的人,和福芝芳轮个岗试试?

王 明 华 :
从 无 私 的 爱 到 无 边 的 痛

聚会上，女友提起自己刚刚立好遗嘱，朋友们都很惊讶，她体健貌端、家庭和睦、孩子健康、事业稳定，风平浪静中折腾个遗嘱做什么？她微笑道，世事难料啊，遗嘱主要三点——上孝父母、下抚儿女、中慰夫妻，不过是未雨绸缪让父母老来有靠、孩子有托、丈夫有寄，也让自己心安。

又说，生活太多不测，人生的花团锦簇、险象丛生与峰回路转或许只隔着一个岔道，谁能预见不可知的未来？

"不可知的未来"，这六个字对于王明华几乎是一语成谶，她似乎是自己从命运的春暖花开走向了冬风凛冽。

王明华是梅兰芳的原配夫人，比梅兰芳大两岁，同样出身于京剧世家，是旦角王顺福的女儿、武生王毓楼的妹妹。梅兰芳十七岁时母亲过世，偏偏又赶上"倒仓"（青春期变声），可是谁都清楚，变声变得好则前途坦荡，一旦变得不好了或许将永远离开京剧舞台。

在前途未卜的忧郁氛围里，梅兰芳养了一群鸽子，常常一个人站在高处望着鸽子飞向远方，可以想象一个反串女角的男子内心该有的敏感、无助和凄凉。

大伯梅雨田心疼他郁郁寡欢，便张罗着给他娶媳妇，梅兰芳没有异议，在母亲孝满一百天后他娶了王明华。于是，王明华走进了当时并不富裕的梅家，走向了似乎处于人生最低谷的梅兰芳。

从留下的不多的照片看，王明华五官清新、面貌清秀，气质冷清淡然，她不像福芝芳面如满月一脸福相，也不像孟小冬俊眼修眉天生顾盼神飞，她更像一个内敛的旧式女子，不外露但心里非常有分寸，不张扬却聪明内秀。

她尽心尽力地操持家务，把生活安排得井井有条，相继生下儿子大永和女儿五十，还身兼他的"造型师"和"经纪人"。

她寸步不离地陪伴在他身边，随身带着一个木头盒子，里面装着自己DIY的假发，那种精细烦琐的梳法连专门梳头的师傅也做不出来，他上台前只要把假发套上就立刻变身古装仕女。

在新戏《一缕麻》中，她制作了人物形象，甚至连他在剧中的戏服都是她自己的衣服。"梅派"汲取"花旦"和"青衣"之长，既雍容华贵，又典雅端庄，而那些华丽的戏服、头饰和妆容都出自王明华之手，在艺术成就上，年轻的他和她是共同的奠基人。

他撩帘登台，她便端着紫砂壶候在帘后，壶里是胖大海和麦冬泡好的茶水，随时等他大段唱下来回场饮嗓子。他渐渐走红后，免不了有人打扰，而有她在侧，望者自退，给他省去不少麻烦。

在他宏大的人生乐章里，她的"把场"似乎是段颇为温暖的小调。

1919年，他成为首位到日本演出的京剧艺术家，而她，负责他全部的演出事项。

儿女双全，夫妻和美，丈夫事业蒸蒸日上，王明华被成功和幸福包围，沉浸在蜜糖般的生活中。

那些年，她的衣服几乎都是"高级定制"，闲时常常带着仆佣去前门外瑞蚨祥、谦祥益两大绸缎庄选购衣料、皮货，定制最新潮的服饰。她经常穿着当时最时尚的镶着各色花边的琵琶式小袄，以及露出脚面的裙子，她还学会了穿半高跟的皮鞋。有人回忆，著名的天宝首饰楼会定期把新款耳环、别针、项链等首饰送到家里供她挑选，而她最喜欢碧绿的玻璃翠，胳膊上常年不变地戴着一只翠手镯，其他首饰则根据服装、场合、季节随机搭配。

几乎与梅兰芳成为京剧明星同时，她成了完美女性的象征。

当年，有身份的外国人玩转北京的三大盛事，"一游长城，二观梅剧，三访梅宅"，海内外名流均以拜访"梅宅"为幸，以一尝"梅三桌"为荣，院宇深深、山石曲廊的东城无量大人胡同五号俨然是最著名的民间外交场所，而她，则是那里仪态万方的女主人。

人生的急转直下从荨麻疹夺去一双儿女的生命开始。

曾经，为了避免生育的拖累全心陪伴梅兰芳演出，她不顾劝阻地做了绝育手术，儿女的离世意味着她从万事顺意的优渥少奶奶，一下子变成"不孝有三无后为大"的孤苦妇人，生活里莫测的变幻立刻击垮了她，甚至，连个挽回的机会都没给——无论她怎样能干贤惠、劳苦功高，无论她多么才华横溢、事业良伴，梅家怎么能没有后代呢？

她的娘家人出面，希望他们收养侄子王少楼做儿子。

但他不同意，他是家族里兼祧两房的独子，不能无后。为了梅家的后代，她最终让步同意他再娶，只是，自己竭尽全力照顾丈夫，希望与他白头偕老的梦想被毫无征兆的现实击得粉碎，她只好悄无声息地蜗牛般蜷缩到宿命的甲壳中。

他娶了福芝芳。

新婚之夜，他先在她房里陪她说了会儿话，而后说："你歇着，我过去了。"她则通情达理地回答："那快去吧，别让人等着。"

福芝芳的第一个孩子出世第三天，遵母亲的指点叫奶妈把孩子抱到她屋里，算是她的儿子。满月那天，她把亲手缝制的虎头帽给孩子戴上，叫奶妈把孩子依旧抱回福芝芳屋里。

她向福芝芳道谢："姐姐身体不好，家中杂事还须妹妹料理，妹妹年轻健康，又有孩子姥姥在身边帮助照看，所以，拜托妹妹呵护好梅家这根独苗。"

所有人都被她的识大体顾大局感动了。

可是，她自己却病倒了。

起初只是不思饮食，时常胃痛，后来又染上肺结核，久治不愈。她担心肺结核传染给一家老小，尤其担心传染给梅兰芳，影响了他的艺术事业，便决意离开。于是，在特别护士刘小姐的陪同下，她到天津马大夫医院治疗。

我曾想，她为什么要走？她有没有比走更好的结局？

答案很惨淡。

梅兰芳与福芝芳的婚姻像从前同她一样美满，继续留在家里，她不过是个多余而无害的人，无力地看着自己曾经的痕迹被抹去，无力地选择做一个顾全大局的前任。

谁也不会对她不好，因为犯不着，就像谁也不会太在意她，因为没必要。

她还能有多少幸福？

穿越那些深明大义的故事，略去那些举案齐眉的传说，她的身体越来越坏。她陪伴了他十一年，最后独自养病，三十七岁时无人陪伴地病死在天津。

有时候，人生的甜美和苦涩都像一出戏。

男人与女人爱情的基调是如此不同。

大多数男人的爱情与婚姻首要功能是让自己愉悦，让自己身处甜美的蜜糖中，一旦遇到需要妥协与牺牲的境地，爱情的成色立即变化。

而女人，爱情的基调是全心全意的付出，是一为他做点事情就傻乐的幸福，是恨不能像蜡烛一样燃烧了自己去照亮他的奉献，是自觉地以他的生活目标为指引的妥协，是与他的喜怒哀乐保持同步的迁就。

人们早已习惯听到一个女人如何为了男人鞠躬尽瘁死而后已，似乎这早已稀松平常，就好像漫漫的历史中多的是痴情女子负心汉，即使出了几个纳兰容若、徐志摩式的以对女人好为己任的男人，大多数观众也觉得这男人做出了莫大牺牲，甚至在心底微微地轻蔑，替他们感到不值，好男儿志在四方，个把女人算什么！

于是女人本身就多舛的命运又碰上了男人不确定性极强的感情，就好像王明华，用毫无保留的爱把自己逼到了人生的穷途末路，曾经幸福的生活被人生的不测风云吹落得支离破碎，只剩下无边的痛。

我们都想知道女友的遗嘱是怎么立的，她依然笑得安静："无非是把所有财产换算成父母的养老金、孩子的抚育金、丈夫的生活费，无论人生种种，父母都能够安度晚年，孩子不至于遇到灰姑娘那样的后妈去拣豌豆，老公也可以一边念着自己的好一边开始新的生活。"我们好奇："这遗嘱家里人知道吗？"她回答："当然不知道。"大家说："这也太见外了吧。"她叹息道："谁说'见外'不是给别人和自己都留有余地呢？一定要无私到毫无保留没有退路吗？"

不要责怪命运的寒凉，大多数时候不过是我们把它想象得过于美好，以至于理想与现实隔着如此遥远的距离。

治愈你

王明华曾经相信，毫无保留的爱必然带来无边的幸福。世界上哪有这么多逻辑严密的推理，一个女子的幸福，不是光靠个人的付出就能得来的，还需要诸多力量的配合和努力。比如，老公能不能一辈子爱你，公婆能不能接受你，钱够不够花，孩子够不够出色，心智够不够豁达。

诸如这些世俗的支撑，构成了幸福这个最复杂精密的仪器。

只是，要靠别人的配合和努力，要牵涉方方面面的关系，这样的幸福，怎么会简单呢？他人的情感和心意，总是难以把握，把幸福建立在一个男人是否能爱你一辈子上，是件难度太高的事，而且，很有可能是件破釜沉舟毫无退路的事。

于 凤 至：
我 们 总 是 辜 负 最 深 情 的 人

    1973年一个明艳的下午，洛杉矶东北同乡会总干事肖朝志驾车带着一位七十六岁的老人从迪士尼乐园归来，午后的阳光闲适洒落茵茵草地，空气中弥漫着典型地中海气候的爽朗与温暖。老人专注地望着港城郊区尚未开垦的土地，忽然，她发现路旁荒地的萋萋蔓草间有一幢灰色的小屋，屋门上"农舍出售"的牌子在风中轻摆，她立刻要求停车，虽然小屋孤零零无人问津，她却发现了宝贝似的，不假思索地买下。

    从此，老人搬到郊区悠然耕耘，将原本空旷寂寥的农舍变成了草木繁茂的伊甸园。肖朝志很久都无法理解义母的举动，直到1979年秋天，美国凯斯尔旅游集团公司看中了这片数千坪的绿地，准备在这里兴建旅行大厦，多次商洽购买，最终，女主人以每坪三万美元的价格出让全部绿地。

    这不过是她若干次成功房产交易中的一次。她还买下了两处著名的居所，一处是英格丽·褒曼曾经钟爱的林泉别墅，另一处是伊丽莎白·泰勒的故居。与两位蜚声世界的女明星相比，她的传奇毫不逊色。

这位当年的东北第一夫人对孙辈们说："我将所有的钱都用在买房子上，就是希望将来你们的祖父一旦有自由的时候，这别墅可以作为他和赵绮霞两人共度晚年的地方，这也是我给他最好的礼物。"

她是张学良的发妻于凤至。半个多世纪，林花谢了春红太匆匆，她一直期盼着和少帅的重逢，只是，自是人生长恨水长东，直到1990年3月20日，九十三岁的她孤独地长眠在洛杉矶比弗利山玫瑰公墓的黑色大理石下，这个愿望依旧没有实现。

曾经，我以为，一个女人婚姻幸福与否，是出身、教育程度以及外貌、性格的综合作用，可是现在，我觉得，或许婚姻幸福是件太凭运气的事。爱情从来就不平等，你的宽容知礼就是比不上她的巧笑倩兮，你的才华横溢就是敌不过她的娇嗔痴嗲，又或者，仅仅是阴差阳错的变故，你依旧与他失之交臂。不然，苦等了张学良五十年的于凤至又何至凄凉得让人心疼？

她不是不够好看。照片上的她古典而美丽，即便与宋家三姐妹站在一起气质也是好得出挑，在高尔夫球场挥杆时纤瘦而优雅，穿着时髦的貂皮大衣和少帅十指紧扣行走街头更是一对璧人，连见过无数美人的皇弟爱新觉罗·溥杰也赞叹她美得犹如一枝雨后荷塘里盛开的莲。纵然一定要把她与小她十五岁的赵四相比，也是各有千秋，一个胜在从容优雅，一个美在轻灵俊秀。

她并非出身低微的高攀。她是张作霖钦定的儿媳，东北王未发迹时深得她的父亲、富商于文斗的照顾，自负的张作霖许下心愿，得势后他的儿子一定要娶被算命先生批为"福禄深厚，乃是凤命"的于家女儿，甚至不惜许诺："张学良永不纳妾。"她还认了宋美龄的母亲做干妈，被视为宋家的第四个女儿，如果说宋美龄是第一夫人，那么当年的她不过是在一人之下。

她一点都不缺少才情。与十四岁便流连舞场而后离家私奔的赵四不同，她五岁入私塾，十六岁考入并最终以优异成绩毕业于奉天女子师范学校，嫁入张家后，她主动到东北大学南校法科旁听。张学良的笔墨也属上乘了，在她面前却自愧弗如，晚年，少帅依然记得第一次带兵打仗时她为他写的小词："恶卧娇儿啼更漏，清秋冷月白如昼。泪双流，人穷瘦，北望天涯揾红袖。鸳枕上风波骤，漫天惊怕怎受。祈告苍天护佑，征人应如旧。"那是他们最好的岁月，他和她共同赏玩徐渭的《葡萄图》、陈洪绶的《荷花鸳鸯图》以及石涛、任伯年的书画真迹，她留印"鸾翔鉴赏""古翔楼"，因为她字"翔舟"，是东北著名的才女。

她处事足够得体熨帖。张作霖去世后第一个大年初一，夫妇俩正装肃立，在遗像前拜年默哀，她一一给各位姨娘行礼，希望体谅少帅的难处。像往年一样，她组织全家聚会，给弟妹压岁钱，还打破沉闷放了鞭炮。可是，谁又知道，这得体的前一晚，夫妻俩执手痛哭，她对他说："汉卿，千万克制，别倒下！"

她的大度少有人妻能及。有一天，一个中学还没念完的十六岁女孩跑到她面前跪下，求她收留，女孩保证不要名分，只希望做少帅的女秘书。周围一片反对，说这样一个爱玩的女孩待在少帅身边不会有什么好事。但她还是心软了，觉得女孩这么小就和家里断了关系，往后怎么办呢？她答应女孩留下做女秘书，还告诉会计工资从优，甚至自己出钱给女孩买了房子。没有她的成全，赵四成不了传奇。

她懂他的悲喜。在他被软禁的头几年，她一直陪伴在他的身边，那时的光阴有多痛苦，她从来没有说，但她却患上乳腺癌，如果不是心情郁结，何以得这样的病？她心疼他不能自由，看着一个在战场上拼杀的军人，被关在小屋里日复一日落寞地唱《四郎探母》，原本不该属于他的哀伤，却在他的唱词里流转，他击节："我好比笼中鸟，有翅难飞……"她焦灼、痛苦，又无能为力，最终大病。少帅说："你不如去美国看病，也为我的自由向世界呼吁。"如此，她才答应暂时离开。想不到的是，这个"暂时"竟然成了"永远"。

她总是记得他对她的好。生第四个孩子时，她大出血生命垂危，家里人担心万一出了意外，三个年幼的孩子无人照顾，提出让她的侄女嫁给少帅。当时，少帅说："我现在娶别的女人过门不是催她早死吗？即使她真的不行了也要她同意我才能答应。"虽然他自诩风流到处留情，但对待结发妻子，依然有份特别的义气和眷顾。她奇迹般地痊愈后，从此用尽全力地对他好。

但是，这些又怎么样呢？即便她那么好，命运也没有对她特别优待。初到美国，她经历了化疗和两次大规模的胸外科手术，不仅头发掉光而且左乳摘除，我想她真的是个太坚强的女子，硬是闯了过来。在生活的挣扎中，学外语、学炒股，投资房地产，照顾孩子的学习和生活，规划着和少帅的未来。

不料，等来的却是一纸离婚协议书。

她根本不能接受这样的现实，打电话过去，少帅说："无论发生什么事情，我们还是我们，我现在依然每天都在唱《四郎探母》。"他为她写了一首诗：

卿名凤至不一般，凤至落到凤凰山。深山古刹多梵语，别有天地非人间。

看到诗，她立刻哭了。
怕别人像掐死一只笼中鸟一样掐死他，她签了字。
从此，他成了别人的丈夫。
但是，她一生的签名，始终是"张于凤至"。
生命中的劫难依旧一个又一个接踵而至。四个孩子中，小儿子最早因病夭折。二战时，二儿子在炮火中精神失常，在去找爸爸的路途中，死于台湾的精神病院。她视如珍宝的孩子一个个离去，她早已痛彻心扉，然而，在一次飙车中，她愈加珍爱的大儿子也撞成了植物人，不久离她而去。白发人送黑发人的悲恸，她是尝遍了。晚年，她身边只有大女儿张闾瑛夫妇陪伴。

唯一的补偿是，她的投资越来越成功，她的地产投资都是在别人想不到的地方赚钱，她也炒股，同样成绩斐然，她成了洛杉矶华人圈的骄傲。可是，对于一个孤寂的老妇人，这些，都是身外之物。她把两处别墅都按当年北京顺城王府家里的居住式样装饰起来，自己住一处，另一处留给张学良和赵四。

她一直等他到九十三岁。

　　她墓碑上的名字是：凤至·张。在她心里，他永远是她的丈夫，她吩咐在她的墓旁留个空穴给少帅，希望在另一个世界相伴。可是，赵四也在夏威夷神殿谷墓园自己的墓旁留了个空穴，两个女人无声地给少帅出了道非此即彼的选择题。最终，就像生前的选择一样，少帅在夏威夷长眠。怎么办呢？他欠她的太多，再欠一次又何妨呢？

　　凤至·张，成为一个永远回不去的梦。

　　我佩服她，心疼她，感慨她，如果说写字的人也有偏心，我承认我格外地偏爱她。她各方面如此出色，最挑剔的传记都对她没有差评，最苛刻的旁观者都说不出她的不是，为什么却归宿如斯？我常想，如果她在天堂看到自己墓边寂寥的空穴，是否会后悔？

　　后悔在某个隔着烟尘的午后收留了那个跪地哭求的女孩，自己的家庭从此再不完整；

　　后悔当年阴差阳错地离开西安，没有力阻少帅去南京，挽救他于大半生的监禁；

　　后悔曾经要求赵四在她患病期间照顾少帅，成全了别人的旷世奇恋，自己却孤老终生；

　　后悔自己的矜持和宽容大度，独自斟饮孤独与思念的苦酒，与其在历史中展览百年，实在不如伏在他肩头结结实实地痛哭一晚！

　　都说少帅是懂得感情的，所以会评价于凤至是最好的夫人，但结果是，他最终没有选择她。他到底是糊涂了，还是辜负了？

我想是辜负吧。我们总是辜负最爱我们的人，我们总是习惯性地忽略对我们最好的人，因为我们野马奔腾的心里明镜似的清楚，伤害她们的代价最小，她们的度量因爱而宽广，永远会不计前嫌地原谅，设身处地地体谅，所有的苦涩，她们情愿一个人扛。

所以她，执子之手，却未能偕老。

·········· 治愈你 ··········

于凤至如此完美，依旧换不来张学良在她身边长眠。

情感世界里最基础的定律是：是你的便是你的，不是你的无法强求。

两个人最天然的吸引，远胜一切技巧。他如果爱你，即使你无理取闹，他也能从你脸上看出孩童般的纯真和毫无矫饰的热情。

你不求索取从不放弃，你耐得住寂寞，经得起诱惑。又怎样呢？这些都挺不过一个真相：你足够爱他，他却不够爱你。

不如，早点放手。

许 广 平：
从 红 玫 瑰 到 饭 黏 子

　　"娶了红玫瑰，久而久之，红的变成了墙上的一抹蚊子血，白的还是床前明月光；娶了白玫瑰，白的便是衣服上沾的一粒饭黏子，红的却是心口上一颗朱砂痣。"

　　张爱玲的语言，无数次重温后依旧是经典。

　　只是，红白之间的泾渭起初并不分明。恋爱时，都曾是热烈烂漫的红玫瑰，婚后，却变成了尴尬嫌弃的饭黏子。一番变色间是怎样的百转千回？

　　或许，那个叫许广平的女子有过真切的体会。

　　1923年10月，鲁迅兼任北京女子高等师范学校（后改名北京女子师范大学）国文系讲师，每周讲授一小时中国小说史。

　　开学第一天，上课的钟声还没收住余音，一个黑影便在嘈杂中一闪，个子不高的新先生走上了讲台。坐在第一排的许广平，首先注意到的是那两寸长的头发，粗且硬，笔挺地竖着，真当得起"怒发冲冠"的"冲"字。褪色的暗绿夹袍与褪色的黑马褂，差不多成了同样的颜色。

肘弯上、裤子上、夹袍内外的许多补丁，炫耀着异样的光彩，好似特制的花纹，皮鞋也满是补丁。讲台短，黑板长，他讲课写字时常从讲台跳上跳下，补丁就一闪一闪，**像黑夜中的满天星斗，熠熠耀眼。**

女生们哗笑："怪物，有似出丧时那乞丐的头儿！"

可是，当他以浓重绍兴口音的"蓝青官话"开始讲课时，教室很快肃静无声——课程的内容把学生们慑住了。

从此，许广平总是坐在教室第一排。

听了一年课，她主动给鲁迅写了第一封信，那些信件后来在1933年被编辑成《两地书》。

同时代的情书大多炽烈得肉麻，就像徐志摩的《爱眉小札》，无关的人看了常生出红烧肉吃多了似的黏腻。《两地书》却不同，琐琐碎碎的家长里短透出俏皮的会心。我们太熟悉那个俯首甘为孺子牛的鲁迅，与许广平的信里，冷不丁冒出个小清新、小温暖、小淘气的中年"怪蜀黍"，还真有意外的喜感。

两人照例谈女师大反对校长杨荫榆的学潮，因为学生自治会总干事许广平是学潮的骨干，也会聊变革时代思想的苦涩与纠结，但最生动的，是那些絮叨却字字关情的闲话。

> 我到邮政代办处的路，大约有八十步，再加八十步，才到便所，所以我一天总要走过三四回，因为我须去小解，而它就在中途，只要伸首一窥，毫不费事。天一黑，我就不到那里去了，就在楼下的草地上了事。此地的生活法，就是如

此散漫，真是闻所未闻……但到天暗，我已不到草地上走，连晚上小解也不下楼去了，就用瓷的唾壶装着，看没有人时，即从窗口泼下去。这虽近于无赖，然而他们的设备如此不完全，我也只得如此。

这是1926年秋天，鲁迅给许广平信中的白描。未必大雅的闲事，他独独写在信里告诉她。在他心里，她应该不是坐在第一排听课的小学生，而是熨帖的饮食男女，距离微妙却懂他的欢喜。

又或者，他有点发誓似的说，班里的女学生只有五个，大约也有漂亮的，但他每每不看她们，即使她们问询一些人生啊苦闷啊的问题，他也总是低着头应对。

于是，许广平回信说，如此幼稚的信，幸好没有别人看到。

两个人没有想到，八十年后，我看得哈哈大笑。一番唇舌打趣，和你我身边普通的恋爱着的男女无异。

许广平给鲁迅织了一件毛背心，鲁迅穿在身上写信说，暖暖的，冬天的棉衣可省了。

没有矫情的文字，却充满了爱的温馨，还有关于心灵的隐秘、戏谑或者艰辛的分享。世界上，能与你分享光鲜和甜蜜的不一定是爱人，但能撕下表面的鲜亮，分担内里的艰难的，一定是。

或许，不是1926年秋天的毛背心拴住了鲁迅，而是，爱情本来就是一件温暖的毛背心。

1925年10月20日的晚上，在鲁迅西三条寓所的工作室"老虎尾巴"，他坐在靠书桌的藤椅上，她坐在床头，二十七岁的她首先握住了他的手，他回报以"轻柔而缓缓的紧握"。

他说："你战胜了！"她则羞涩一笑。

1927年10月3日，两人在上海同居；1929年10月1日，儿子周海婴出世；1936年10月19日，鲁迅在上海病逝。

1968年3月3日，许广平在北京逝世。

在她七十年的人生中，他陪伴了她不到十一年，她却用四十三年支持延续他的事业。

鲁迅承认，在爱情上许广平比他决断得多。

祖籍福建的她出生三天便被酩酊大醉的父亲"碰杯为婚"，许配给广州一户姓马的绅士。成年后她提出解除婚约被马家拒绝，最后许家给了马家一大笔钱，这笔钱足够再娶一个媳妇，她才彻底自由。

1922年她北上求学。当年中华教育改进社统计，全国仅有女大学生八百八十七人，占全体大学生总数的百分之二点五，她就是第一批女大学生中的一个，是名副其实的走在时代最前端的新女性。

照片中的她，五官端正沉静，正盛开在最好的年华，真是一朵绚丽的红玫瑰——年轻、热情，由于良好的教育而充满理想，对爱情怀着最单纯的热切和执着。

当年，她在第一封信中写道："先生！你在仰首吸那卷着一丝丝醉人的黄叶，喷出一缕缕香雾弥漫时，先生，你也垂怜、注意、想及有在茧盆中辗转待拔的吗？"

当年，他会为她一天替自己抄写了一万多字的手稿而感动地轻抚她的手。

他还会买最好的电影票，为了照顾她近视的眼。

那么之后呢？

婚后的生活非常琐碎。

婚前，鲁迅带着许广平去杭州度假。

婚后，这样的日子几乎没有，甚至连公园也不去，他说，公园嘛，就是进了大门，左边一条道，右边一条道，有一些树。

婚前，两人"心换着心，为人类工作，携手偕行"。

婚后，全职主妇许广平似乎没有多余的时间，她为朝来夕往的客人们亲自下厨，精心准备各种款待的菜，少则四五种，多则七八种，蔬果皆备，鱼肉俱全。

鲁迅喜欢北方口味，许广平曾经提议请个北方厨子，但十五块钱的工资鲁迅觉得贵，请不得。虽然，他那时是两百块的工资。

于是，依旧许广平下厨。

萧红回忆，鲁迅吃饭是在楼上单开一桌，许广平每餐亲手把摆着三四样小菜的方木盘端到楼上。小菜盛在小吃碟里，碟子直径不过两寸，有时是一碟豌豆苗，有时是菠菜或苋菜，如果是鸡或者鱼，必定是身上最好的一块。

许广平总是用筷子来回地翻饭桌上菜碗里的东西，心里存着无限的期望无限的要求，用了比祈祷更虔诚的目光。几番精挑细选，才后脚板触着楼梯小心翼翼端着盘子上楼。

这一段总是看得人凄惶。

面对比自己小十七岁、冲破世俗、自由恋爱来的爱人，隔着不算久远的互通一百三十五封信的美好年代，一个男子要粗糙无感到怎样的程度，才能不问一句："你们吃什么？"

许广平带着孩子，帮鲁迅抄着稿子，打着毛线衣，鲁迅深夜写作时，她则在一边躺下先睡，早睡是因为第二天还要早起忙家务。

她不仅照顾鲁迅，还事无巨细地照顾儿子。

萧红说周海婴的床是非常讲究的属于刻花的木器一类，拖着长长的帐子，而许广平自己，"所穿的衣裳都是旧的，次数洗得太多，纽扣都洗脱了，也磨破了……许先生冬天穿一双大棉鞋，是她自己做的。一直到二三月早晚冷时还穿着……许先生买东西也总是到便宜的店铺去买，再不然，到减价的地方去买。处处俭省，把俭省下来的钱，都印了书和印了画"。

到底是爱褪了色，还是红玫瑰蜕变成了饭黏子呢？

相爱简单，珍惜很难。

相爱只是远距离的精神上的依恋，很容易通过想象美化弥补，保持起来相对容易。而珍惜，是现实中无限靠近的相看，是两人各方面习惯碰撞融合之后的体谅，是柴米油盐生儿育女的琐屑分担。

婚姻阶段的鲁迅在两首诗里提到了许广平。

一次是婚后五年左右："惯于长夜过春时，挈妇将雏鬓有丝；梦里依稀慈母泪，城头变幻大王旗。"在这首诗里，许广平似乎是他若干负担中的一个，和其他种种共同构成了一个男人中年危机的梦魇。

第二次是婚后十年，许广平生日，他送她《芥子园画谱》做礼物，题诗："十年携手共艰危，以沫相濡亦可哀；聊借画图怡倦眼，此中甘苦两心知。"这首潦草的诗里，爱的成分则像青烟一样消失在空气中，甚至泯灭了男女性别的差异，一派同志般的革命精神。

看得出来，她早已不是他的红玫瑰。

那些不能给婚姻中的她的感情，可以分配给其他年轻女子。当年的常客萧红，从法租界到住处虹口，搭电车也要差不多一个钟头，依旧照去不误。有时候坐到半夜十二点车都没了，鲁迅就让许广平送萧红，叮嘱要坐小汽车，还让许广平把车钱付了。萧红不怎么会做菜，在鲁迅家勉强做的韭菜合子，鲁迅会扬着筷子要再吃几个。

他善待萧红，犹如十年前善待许广平。

或者，真像莱蒙托夫诗里写的："我深深地被你吸引，并不是因为我爱你，而是为我那渐渐逝去的青春。"

1936年10月19日，鲁迅在生命的最后一刻紧紧握着许广平的手，说："忘记我，管自己的生活！"

不知此时，他是否感念身边这个女子，用十年的青春好得无可挑剔地对待他；他是否记起十年前她留着短发神采飞扬地参加学生运动的样子；他是否想到与她共度的十年，他的创作量超过了以往任何时候；他是否知道，之后漫长的岁月中这个女子还照顾着他的母亲和原配；他是否怀念那些她在他的心口还是一颗朱砂痣的岁月？

只是，任时光飞逝，如何成为一颗永恒的朱砂痣呢？

要不远不近地隔着他，不疾不徐地撩拨他，若有若无地关心他，欲拒还迎地与他谈谈虚渺的人生、空泛的艺术与吃饱了撑出来的烦恼。当然，每次见着他必定收拾得妥帖而美丽。还有，千万别上床，如果不想从灵魂伴侣直接降格为炮友，就不要肉身布施了吧。

看看，女人们其实懂得怎样守住红玫瑰的底线，只是架不住爱情来到的那一刻飞蛾扑火，硬把恰当的距离扑没了，活生生把心口的朱砂痣扑成了灶上的饭黏子。

像魔咒一般，从结婚的那一刻起，爱情就呈逐年递减趋势。如果婚姻有幸维持终生，衡量一个男人是否爱你，或许不在于他说过多少动人的情话，许下多少堂皇的诺言，送过多少珍贵的礼物，而是他愿意和你分享饭桌上唯一的那块鱼肚子，愿意把汤钵子里的鸡腿先盛给你。

我知道你懂了，可就是狠不下心肠，做不到。

治愈你

岁月就像一条深邃的河流，左岸是曾经热烈奔放的红玫瑰，右岸是被涤荡得失却光华的饭黏子，中间飞快流淌的，是心中隐隐的伤感。

世间有许多美好的东西，但能够长存，并且真正属于自己的却并不多。

相爱是种感觉，当这种感觉已经不在，他还在信守承诺，这是责任；分开是种勇气，当这种勇气已经消逝，他还在鼓励自己，这是悲壮。

所有的婚姻到最后，多少都有点儿悲壮，只不过有人悲壮出了温暖，有人悲壮出了猥琐。

婚姻的杀手，向来不是外遇，而是时间。

阮玲玉：
令人失望的爱情

有一类男子，是名副其实的女性毒药，小情小调、小恩小惠，懂女人却不爱女人，关键时刻下得了狠心和狠手。

有一类女子，是出了名地不长记性，总是在相似的阴沟里翻船，拍拍身上的灰尘，抚平曾经的伤痕，义无反顾地走向下一个准备好了伤害她的男人，就像阮玲玉。

初恋的时候，她十五岁，他十八岁。

她的父亲久已去世，她随着母亲在一个姓张的大户人家帮佣。

张家有四个少爷，他是最小的，家里叫他张达民，既是纨绔子弟，也是受五四新思潮影响的富二代。因着她的妩媚，他经常接济母女俩，甚至，他向家里请求要和她结婚。

当然，他的请求被断然拒绝，两个新青年只能同居。

于是，一个十六岁的女孩和一个十九岁的男孩，像过家家一样住在一起，都没有工作，更没有独立谋生的一技之长，靠着家里给的零花钱吃吃喝喝、搓麻将、跳舞、跑马、看电影、听音乐。

他喜欢跳舞，把她也调教得舞技一流，这些经历或许为她今后的演艺生涯打下了基础，但她并没有从他那里得到更多的正能量，两人的故事就像现在早恋的高中生，青春期萌动的吸引让他们走到一起。

如果不是他的哥哥张慧冲出现，她或许不过是那个年代海量相貌出众、遇人不淑的普通女子中的一个。

虽然一母同胞，张慧冲与弟弟张达民却是云泥之别。

张慧冲是中国第一代导演，也是第一位武侠明星和海派魔术创始人。"九·一八事变"后上海抗日战争爆发，张慧冲带领自己的摄制组在上海闸北拍摄纪录片《上海抗日血战史》，记录下了日军侵略暴行和中国军人英勇杀敌的珍贵镜头。

影片配上粤语在上海和广州同时上映，唤起了国人的抗日热潮，受到鲁迅的热烈推崇。

张慧冲独具慧眼地发现了阮玲玉的演艺天分，问她："你想不想当演员？"

对于任何时代的年轻女孩，电影明星都是太有诱惑力的职业。在张慧冲的鼓励和推荐下，她去明星影片公司即将开拍的新片《挂名夫妻》应征女主角，导演卜万苍几乎是不假思索地录用了她。

她的演艺之路就此展开。

1992年，张曼玉出演《阮玲玉》，并且因此而获得柏林电影节最佳女演员、香港电影金像奖等荣誉。有人问张曼玉："你在演阮玲玉的时候，觉得她最大的特点是什么？"

张曼玉说："我觉得阮玲玉的骨子里有一种讲不出来的妩媚。"

的确妩媚。

阮玲玉笑起来，眼睛不是放电，没有那种一击而中的震彻，而是幽幽地散发光芒，柔软而脆弱，单纯又天真，充满忧郁的悲剧气息，让人神魂颠倒，真是一个非常、非常、非常柔软的女子。

在《神女》中，她进入母亲的角色，陪着孩子一起愉快地读书，望着孩子表演节目，那弯弯的一双秋水，真的是像孩子一样天真。

她的身上充满了孩子气的感性和柔软的忧郁，对于强大的男子，是致命的吸引。

至于她的演技，孙瑜说："天才演技，是中国电影默片时代的骄傲。"

胡蝶公开承认："阮玲玉演得了我演过的角色，我演不了她演过的角色。"

影评说："在她的一笑里，充分显出妩媚，令人陶醉；在表演悲哀的时候，具有令人心疼而怜爱的可能。"

她是当时公认的戏路最宽、演技最好的明星，《三个摩登女性》《恋爱与义务》《小玩意》《神女》《一剪梅》，把她推上了联华一姐的位置。

她的演艺事业蒸蒸日上，张达民的富二代生活却江河日下。

他挥霍完继承的二十万遗产，又花光了她辛苦积攒的一万多块钱，甚至，她身上仅有的三百块钱都被嗜赌成性的张公子骗去还了赌债，她开始为少年时期的轻率选择付出代价，这代价越来越沉重，最终，她决定离开他。

一个男人真正的品性，总是在分手时暴露无遗。

他一扫从前的斯文和体贴，死皮赖脸地威胁把两人的私情卖给小报。一向爱面子的她心虚了，她最在意自己卑微的出身。她和母亲何阿凤原本觉得，嫁给东家少爷是终生有靠梦寐以求的归宿，他们善良，却软弱、自卑而又抑郁。张达民显然抓住了母女俩的软肋。

于是，他以每月一百块赡养费的条件解除了同居关系。

在了断前，她已经遇到了即将给她致命一击的男人——唐季珊。

唐季珊是当时东南亚著名富商，做茶叶生意，因为有钱，电影公司都拉他入股，所以，他也是阮玲玉所在的电影制片厂——联华公司的大股东。

得知她喜欢跳舞，他频频邀请她去舞场。一个中年男子，有事业，又是那么懂女人，只带她去最高级最豪华的舞场，在跳舞这种最近距离的社交中，他恰到好处地展示着自己的优势：富有、体贴、成熟而大方，很快，她便折服了。

田汉说："那位茶商（唐季珊）含着雪茄远远地站在台阶上，有人对我提及他的为人，我当时十分愤慨，只觉得阮玲玉何以要嫁给这样西门庆似的人！"

可是，这就是她的眼光，她再一次选择了华而不实老谋深算的资深花花公子，是出于虚荣，还是贪恋着他的温柔？

不是没有人提醒她。

茶商的前女友、默片女王张织云给她写信："你看到我，就可以看到你的明天，唐季珊不是一个好男人。"

她怎能听得进去？她觉得张织云嫉妒她的幸福，她以为，命运到她这里会不一样，到处留情的老花花公子是真的爱上自己了，她搬进了茶商在新闸路买的三层小洋楼，未来，她即将在这栋别墅的二楼吞下安眠药。

这是他送给她最贵重的礼物，却犹如送给她一座坟墓。

关于她的死因，流传最广的是"人言可畏"的传说。

传说的载体是唐季珊交出的"遗书"，这份矛头直指张达民的遗书中说：

> 张达民，我看你怎样逃过这个舆论，你现在总可以不再陷害唐季珊，因为你已害死了我啊。

结尾是那句著名的"人言可畏"。

果真如此吗？

有人在当时一家发行量很小的读物《思明商学报》上，意外地发现了一份她的遗书，这份遗书是后来和茶商同居的女明星梁赛珍提供的：

> 季珊，没有你迷恋梁赛珍，没有你那晚打我，今晚又打我，我大约不会这样做吧！
>
> 我死之后，将来一定会有人说你是玩弄女性的恶魔，更加要说我是没有灵魂的女性，但，那时，我不在人世了，你自己去受吧！
>
> 过去的织云，今日的我，明日是谁，我想你自己知道了

就是。

我死了，我并不敢恨你，希望你好好待妈妈和小囡囡。

还有联华欠我的工资两千零五十元，请作抚养她们的费用。

还请你细心看顾她们，因为她们唯有你可以靠了！

没有我，你可以做你喜欢的事了，我很快乐。

遗书公布后，梁家姐妹，梁赛珍和梁珊珊从此像青烟一样消失在世界上，去了哪里，结局如何，再也没有人知道。

原来，唐季珊才是她自杀的原因，而他却交出了一份伪造的遗书。

深夜两点，她吞了安眠药，他首先想到的不是怎么去救她，而是想到把那么著名的演员送到医院必然满城风雨，自己要承担很多干系。所以，他开了一个多小时的车，把她送到偏僻保密的日本人开的医院。

她躺在车里，写了遗书，服了安眠药，以为一了百了。可是，她依恋的男子，面对曾经海誓山盟的女子奄奄一息的生命，却开着车满大街乱走乱撞，念着的不过是如何保全自己的名声。

那一夜，如果她还有知觉，她会不会后悔，为这样一个人终结了自己的生命？

可是，她依旧把母亲和养女托付给他，她至死也不相信，女人可以不依赖男人独立生活，她至死都要"靠"着别人。

蔡楚生就是她最后想要依靠的男人，他已有妻室，虽然同情她的遭遇，却不想卷入她生活的旋涡成为舆论中心，关键时刻，他也沉默了。

失去所有依靠，她终于绝望。

终其一生，三个男人，始终所托非人。

如果她活下去会怎样？她可能再也不是传奇。

天生丽质一口标准普通话的陈燕燕，是广东籍的她从无声电影转向有声电影的重要竞争对手。

电影皇后胡蝶性格开朗，与同行和媒体相处和谐，懂得为自己铺垫人脉资源。

她却纠缠在张达民和唐季珊的情事中，成为小报常客。

1933年，获野在一篇文章中说："或者，阮女士谦顺的个性是她一生得失的最大关键。'谦'当然可以获得朋友们的同情和资助，'顺'就难免不时地受命运的捉弄。"

如果活着，她或许更像她的前任张织云，她们同样相信，人生是个单项选择，唯一的选项就是——男人。

她们把幸福寄托在形形色色、无法给她们幸福的男人身上，谦卑又柔顺，失去爱情便失去了全部。

可是，把幸福寄托在别人身上，迟早要失望。

在花样年华凋谢并成为传奇，或许是男人对她们的回馈。

治愈你

一次，闺密改了首歌："不经历人渣，怎么能出嫁，谁年轻时没爱过几个浑蛋，现在想起就要扇自己耳光。"大家笑得前仰后合，调侃说，没遭遇个把烂男人，都不好意思说自己的人生是完整的。

只是，两个烂男人，就断绝了阮玲玉重逢美好生活的机会。

爱情的痛苦，其实司空见惯，它最终会像风一样从你我身体里呼啸而过，带走所有绝望、苦涩和哀伤，归于平静。多谢你的绝情，让我学会死心和成长。

一个坏男人的杀伤力，其实没有那么残酷和巨大。

胡 蝶：

只 有 成 熟 的 稻 谷， 才 懂 得 弯 腰

据说，当年阮玲玉的影迷大多是学生或文艺青年，而胡蝶的"粉丝"则是生活优越的中产阶级。文青向来无法代表时代的主流，于是，1933年，胡蝶以21334票当选"电影皇后"，阮玲玉只得到第三名。

这种差异显然不是因为胡蝶更美。

单从外貌看，胡蝶珠圆玉润、雍容华贵，大脸大眼长身量，虽然福贵逼人，却少了阮玲玉那种百转千回的妩媚，后者眉目间流转的哀愁与小清新似乎更能打动观众。

只是，"美人"到了一定段位，能出位的便不再是容貌的比拼，性情、处世、性格、教养、才华、气质这些综合因素，都会为一个女子加分或者减分。

熟女胡蝶，显然更胜一筹。

1924年，中华电影学校招生，一千多人应试。

一个叫胡瑞华的十六岁姑娘很忐忑，家里最显赫的亲戚是父亲姐夫的哥哥——北洋政府内阁总理唐绍仪，这种血缘的迂回早已稀释了亲

情的力度，怎样才能从千人之中脱颖而出？

她灵机一动，别出心裁地梳了一个横S发型，在左襟别了一朵大花，长长的耳坠古雅地从耳垂上流泻下来，身着长裙圆角短袄，很复古的打扮，在密密麻麻的时装新女性中卓尔不群。

她如愿以偿地成为中华电影学校第一期也是唯一一期学生，系统学习影剧概论、电影行政、西洋近代戏剧史以及导演、化妆、舞蹈、唱歌等十多门课程，还有骑马、开车之类明星必杀技。从只有几个镜头的卖糖果的女孩到女一号，她积累着从量变到质变的能量。

终于，《秋扇怨》让胡瑞华破茧变为胡蝶，成为邵逸夫哥哥邵醉翁创办的天一公司的当家花旦。

纵然天资再高妙，也没有人能够随随便便成功。

胡蝶后来在回忆录里说："天一太过于从生意眼光出发，影片的娱乐性功能多于艺术性，且多数影片停留在宣扬旧道德，不合时尚潮流，虽拥有一定的观众，但却不能给观众回味的印象。"别的女明星为情事苦恼时，她已经在考虑电影商业价值与艺术成就的统一，境界云泥。

她颇有语言天赋，能说流利的粤语、闽南话、上海话，甚至为了学普通话专程到北京拜梅兰芳为师。1931年，有声电影取代默片成为主流，她主演了中国第一部蜡盘发音的有声电影《歌女红牡丹》，演戏配音时，在录音棚一待就是七个小时。

虽然她自谦"论演技，我是不如阿阮的"，但深陷情伤的阿阮付不出她这份功夫。

所以，她成为影坛无人能及的一姐。

她的头像变成最时髦的装饰；她穿的旗袍、戴的首饰一出街便被拷贝；八卦杂志关注着她的一举一动，把她的打扮从头到脚分析给读者，以她作为最美丽女子的模板；甚至，她的酒窝也成了美女的重要标志。

她是一个懂得入世的美人，竭尽所能地扮演好社交名媛、公众人物的各种角色，而不是做个"纯粹的演员"。张恨水评价她："为人落落大方，一洗女儿之态。性格深沉，机警爽利，如与红楼人物相比拟，则十之五六若宝钗，十之二三若袭人，十之一二若晴雯。"

一个熟女，懂进退、知分寸，温顺与坚韧兼有，理性与乖巧皆具，珍爱自己也不妨碍他人，有谁不愿力捧呢？

如果不是那三十箱毕生积蓄的丢失，她这辈子可能就安稳地和丈夫潘有声一起经营"蝴蝶牌"热水瓶，在平等的婚姻中终老了。

三十个箱子把戴笠送进她的生活。

她的骨灰级"粉丝"戴笠，初到上海时即使吃饭都成问题，也要买票去看胡蝶的电影。当了复兴社特务处长之后，依旧频繁出现在南京的白天鹅电影院，他乐呵呵地对人说，胡蝶的一举一动和一颦一笑都恰到好处，什么角色让她一演就活了，可真是中国特有的艺术之花。她的作品《歌女红牡丹》《火烧红莲寺》《啼笑因缘》《空谷幽兰》，他久已烂熟。

可想而知，当偶像胡蝶找上门来拜托寻找三十箱丢失的珠宝后，"粉丝"戴笠喜不自胜。一个普通的捉贼案，他殷勤地用上了军统特权，砰砰地拍着胸脯保证，绝对不能委屈了我们的大明星。

在戴笠的授意下，军统安排胡蝶一家到重庆，在朋友夫妇安排的盛大舞会上，戴笠第一次见到了他的女神。

不过，女神对他甚是冷淡，只跳了一支舞便离去。

戴笠怅然若失，接着锲而不舍。他在除夕夜把胡蝶一家请到自己的曾家岩公馆吃年夜饭。酒宴开始，戴笠一扫往日的冷峻严肃，满脸春色，谈笑风生，兴奋得像个大孩子；饭后，他陪胡蝶的孩子玩纸牌，出牌时做出各种鬼脸，逗得孩子哈哈大笑；之后，又带着孩子们到花园放烟花。

无论如何，我也想象不出飞扬跋扈的特务头子陪着心爱女子和别人生的孩子做游戏的情形，只能说，他用情不浅。

宝箱里的东西只追回了一小部分，戴笠却按照清单从国外买了同款回来补齐，带着这些宝物，他再次来见胡蝶。

宝箱被打开的那一刻，胡蝶百感交集——虽然这些物品与自己原有的相似，却是全新甚至贴着商标的，她瞬间明白了戴笠的用心。

推辞吗？乱世中自己一家老小寄人篱下，处境的艰辛容不得她摆出掷地有声的拒绝。接受吗？见惯风云的她不会不清楚接下来的代价。一点儿都不动心吗？恐怕没有女子能够在这样感情与物质的双重夹击下纹丝不动。

她是个多么玲珑的女子，当着戴笠下属的面，她微微低首，轻声说："是的。"

或许，只有成熟的稻谷才懂得弯腰吧。

接下来便顺理成章了。

形同虚设的丈夫被打发到滇缅经商，即使明知把妻子一人留在重庆是羊入虎口，可是看着两个年幼的孩子和白发苍苍的岳母，想到传说中戴笠的冷酷乖张，潘有声只能忍痛泪别。

他是真的爱老婆。

姑娘们，其实一个真正爱你的男人，无论如何也不忍让你去死，他宁愿守着有缺憾的你平静终老，也不舍得让你去舍生取义。

终于和偶像走到了一起，粉丝的狂喜亟待宣泄。

她想吃南方的水果，他立即派飞机从印度空运；她说拖鞋不舒服，他一个电话让人弄来各式各样的鞋子给她挑；她随口说窗户小光线暗，他急忙命令在公馆前方，专门为她再建一幢花园洋房；他还选了地名吉利、环境优美的神仙洞另修居所，为了汽车可以直达门口省却她的爬坡之苦，他亲手测地形、修车道，所经之处人畜撤离，房屋拆迁；他还亲自设计在斜坡上用石块镶成"喜"和"寿"两个大字，栽种各种奇花异草。

甚至，他遣散了所有相好过的女子。

而她，已经三十六岁，最好的年华早已逝去，还拖着两个孩子，离过一次婚，如果他愿意，比她年轻美貌的女子很多。

她爱他吗？

不用拿迫不得已来替她遮掩，也不用揣测她是否移情，一个三十六岁的熟女太明白爱情是什么，太清楚生活的起承转合，太了解人生的悲欣与不得已。犹如她自己在《在重庆的日子》里所说：

关于这一段生活，也有很多传言，而且以讹传讹，说胡蝶也未吃亏，她的丈夫潘有声因此在当时唯一对外通道的滇缅公路来回走单帮，有戴笠主管的货运稽查处免检放行，确也捞了一笔横财，成了确凿之据的事实。现在我已年近八十，心如止水，以我的年龄也算高寿了，但仍感到人的一生其实是很短暂的。对于个人生活琐事，虽有讹传，也不必过于计较，紧要的是在民族大义的问题上不要含糊就可以了。

她还说：

我并不太在乎，如果我对每个传言都那么认真，我也就无法生存下去了。我和张学良跳舞的事情，闹了近半个世纪，现在不都澄清了吗？

很聪明的回答。没有急切地辩白，没有锱铢必较地抠字眼，没有摆事实讲道理试图把一切交代清楚，更没有人言可畏地寻死觅活。

明白却不点破，你设扣，我入扣，欲语还休，这就是熟女的火候。

1946年3月17日，筹备着和胡蝶结婚的戴笠死于空难。

随着飞机的爆炸声，一段是非莫辨的情感化为尘埃。

第一时间，她回到丈夫潘有声身边，两人迁居香港。

她重登心爱的银幕。但她很清楚，年过四十的自己不再是舞台上的主角，既然老去就要演适合年龄身份的角色。于是，她改演中老年配角，虽然戏不多，但她依旧认真。

平常心为她重新铸就了另一段辉煌，片约不断，和李翰祥合作的《后门》让五十二岁的她成为第七届亚洲电影节最佳女主角。

她和丈夫继续经营"蝴蝶牌"热水瓶，他真是个宽厚而深爱她的男子，无论是在外的生意，还是在家的生活，包括一双儿女的教育，他都安排得妥帖周到，直到1959年，他因肝癌躺在了病床上。

那是她最痛苦的日子，她瞒着他病情，轻松地劝慰他，和他一起计划病愈后去欧洲疗养，期待着奇迹的发生。

1959年初秋的一个清晨，她开了一罐他爱吃的草莓罐头，他像有预感一般拉过她的手，抱歉地说："瑞华，我实在有些对不起你呀，今后的日子还很长，两个儿女，就靠着你一个人啦。"

这次，她演惯了别人的悲喜，却哭不尽自己的哀伤。

晚年，她改名"潘宝娟"，"潘"是对亡夫的纪念，"宝娟"则是她儿时的乳名，人生渐行渐短，她越发返璞归真。

她把家安在温哥华一座靠海的二十五层的公寓里。每天，阳光掠过太平洋的波涛照进她的阳台，她和老姐妹们打麻将，学英语，逛唐人街，还结伴去参观了好莱坞。

1989年4月23日，她说："蝴蝶要飞走了。"

这是她人生留下的最后一句话，八十一岁的耄耋老妇依旧有着诗意情怀。

前些日子，和做娱记的女朋友聚会，聊起娱乐八卦和坊间传言，她一边用搅拌棒旋转着杯子里的星冰乐，一边若有所思地说："其实，女明星们会红很久的，都对人很温暖很和善，一个人想红，最重要的其实是拎得清和不骄傲。"

听她说着，我竟不觉想到了遥远的胡蝶。

成熟的标志不是会说大道理，而是开始去理解身边的小事，去体谅周遭的不得已。

或许，胡蝶这样的熟女才是深谙人生最好年华的女子。她们虽然不是最年轻水灵，却是蜜桃成熟时，心境平和愉悦，不会对现实和感情有太多的条件反射，不会太敏感，太凛冽，太反骨。

她们像秋天午后的阳光，剥离了春天的青涩、夏天的热烈，以及冬天的寒酷，有着熔化一切的温暖、静谧和性感。

熟女们再也不会拧巴，她们明白与世界握手言和，不再为难自己和别人。最重要的是，她们懂得弯腰。

胡 友 松 ：
愿 赌 服 输

一个女人，嫁给年长自己近五十岁的男人，究竟有几分爱情？

上午的光阴，她总在三居室中朝南的那间礼佛和学习。客厅挂着莲花灯，灯轴上放着《般若波罗蜜多心经》《大悲咒》《九华山》《五台山》这样的光盘，在台案上整整齐齐地排着队，此时，她是妙惠居士。

下午的时间，她一般研习书画。桌上，摆着米芾的《蜀素帖》，一本二十四年前的定价一块六的《汉曹全碑》，还有一些平时很少见到的老电影影碟，胡蝶的《姊妹花》、周璇的《夜店》、赵丹和秦怡的《遥远的爱》、阮玲玉的《十万苍生》之类。彼时，她是胡友松，胡蝶的女儿，李宗仁的第三位也是最后一位太太，她写过一本轰动一时的传记，《我与李宗仁极不寻常的最后三年》。

在她的房间里，时光仿佛逆转了半个世纪。

她说，没有这些精神寄托，快四十年一个人，还不得疯了？

她身世蹉跎，1939年，胡蝶已经嫁给潘有声四年，却生下了并不是潘有声骨肉的她，取名若梅，随了胡蝶的本姓。全民影后不仅堂而皇之地把她带在身边，甚至丝毫没有影响自己与潘有声的恩爱，于是，好事的看客猜想，这个私生女的生父必然非同寻常，难道是戴笠？

胡蝶极力否认，甚至对年幼的她说："谁要问你，你就说有妈妈，不要提爸爸。"

于是，她也竭力撇清与戴笠的关系："胡蝶1945年到了重庆以后和戴笠认识，第二年才和他同居，那时，我已八岁。"

虽然时间与逻辑都不对，却有人分别拿出她与戴笠的照片，尤其是两人晚年的留影，那眉宇间的神气，不必赘述，就好像把梅兰芳与杜近芳的照片摆在一处，说不像都难。

有时候，看似合情合理的并非真相，貌若荒谬的，或许更接近事实。

童年时，她的漂亮衣服和五光十色的干妈一样多，小小的她经常跟着各色干妈混迹在交际场。

"我的干妈很多，一个星期去这儿，另一个星期又给我接到那儿，再一个星期又上南京了。她们凑在一起打牌啊，跳舞啊，我就在旁边这么一坐，看着。"她神往地说着，好像在怀念一个遥远而绮丽的梦。

即便到了晚年，面对记者的采访，她依然骄傲地展示那些昂贵的派头，以及和同龄孩子相比更多的华服，出入会坐高级小轿车，比寻常人见过更大的世面。她小心翼翼地藏起那段被抛弃的惨淡经历，恍若它们从未曾在她的生命中发生过。

或许，每一个被深深伤害的人，都有一颗特别脆弱而自尊的心。

胡若梅不愿承认的事实是，她根本没有家。

从小，她就住在酒店的长包房里，母亲忙于拍戏，两三个月才回来见她一面。妈妈不在的日子里，她经常坐在酒店的大堂等待，因为母亲对于她，总是"突然间一睁眼回来了，就是这样，意外的感觉"。

没有被母亲亲密照料过，没有小伙伴肆意玩耍，她的童年抛却那些刻意描绘的绚烂，只剩下孤独与苍白。

六岁，她染上湿疹，医生建议去气候干燥的北京定居。于是，胡蝶委托军阀张宗昌的姨太太沈文芝，带着她去北平。

妈妈对她说："若梅，以后妈妈会很忙，没有时间照看你了，过两天你就跟沈阿姨去北平吧，以后沈阿姨就是你的妈妈。"

对于从记事起就常常独自待在酒店的她，这并不意外，她本能地问妈妈什么时候来接自己。妈妈却不敢再抬头，而是慌乱地掩饰着自己的神态，转头的时候，眼泪却落在了胸前的白旗袍上。

据说，1951年，胡蝶回来接她，养母提出一大笔费用，胡蝶无法满足，连孩子面也没见到，只好将一个装满首饰的匣子交给养母，叮嘱一定要让若梅上大学。

六岁之后，她再也没有见过妈妈。陪伴她的，只有丝毫不爱她的养母，那箱首饰，很快便被昔日的姨太太挥霍殆尽。

一个孩子的命运，从此被彻底改写。

如果当年母亲带她去了香港，她或许能够拥有相对温暖的家庭，和年纪相仿的兄弟姐妹，接受不错的教育，找到一个爱她的普通人，过着寻常宁静的日子。

可是，她已经没有机会。

她像一颗不该发芽的种子，被撒落在贫瘠的土壤里，艰难而寂寞地成长。

中学时，她亭亭玉立，美丽得如同一朵雏菊。

她把名字改成了"友松"，努力融入火红的年代，但一身华丽丽的海派气息显然挑战了时代的容忍度，过往的一切被查了出来，她的名字被从第一批入团的名单中撤下，初恋被迫分手。

1960年，她就是一株孤寂的花朵，在沉默中看着青春渐行渐远。

只是，沉浸在失恋痛苦中的她并不知道，人生最大的转折，即将在冥冥中展开。

1965年，在周恩来总理的斡旋下，旅居美国多年的李宗仁返回国内。这位曾经的国民党"代总统"的回归，成为当时具有重大象征意义的事件。

那时，她正在通县医疗队劳动，第一次从广播里听到了李宗仁的名字，待遇高得让她惊讶，除了毛主席之外，几乎所有国家领导人都到机场迎接他。她更想不到，一年后，二十七岁的她竟然会嫁给七十六岁的李宗仁，成为他的第三任太太。

回国不久，李宗仁的夫人郭德洁因乳腺癌病逝。

孤独的李宗仁希望找一个人陪伴余生，秘书程思远为他物色人选。此时，程思远的朋友、曾经给胡蝶改过剧本的翻译家张成仁想到了她。

她所在医院的领导把她叫去谈话："你不是觉得医院太累吗？"

她说："是啊，待遇又低。"

领导说："以后给你调一个工作好不好？"

她说："太好了，太谢谢你们了！"

已经二十多年没坐过私家车的她梦幻般地重新坐上了小轿车，神游一样穿过门卫、长廊与客厅，客厅的尽头，站立着一位白发苍苍的老人。

"这是李宗仁先生。"身边人提醒她。

曾经叱咤疆场的暮年将军第一次见到传说中胡蝶的女儿，她遗传自影后母亲的容貌瞬间照亮了客厅。有人说"惊为天人"是句颇有喜感的揶揄，如果你见过她披着婚纱笑容灿烂的照片，便真心觉得，她担得起这四个字。

六次见面之后，李宗仁开门见山："我们俩的事情，已经通过国管局汇报给周总理，总理说只要你同意，就让我们名正言顺办理结婚手续。小胡姑娘，我看，这件事情我们就这样确定下来吧！"

他语气笃定。

她百感交集。

她想到了自己不如意的工作，想到了冷漠空洞的家，想到了流云一样缥缈的未来，还想到如果答应了，自己的命运毫无疑问将被改写。当然，她也想到了如何与一个大自己四十九岁的老人共同生活。

后来，她很实在地承认："没想爱情不爱情，那么大岁数谈什么爱情啊，我就是觉得我去了，我就是主人了。你看王昭君、文成公主、杨贵妃，人家怎么样，我不就是现代版的一个例子吗？我没考虑以后。"

没有丝毫的矫饰和辩解，她承认，她嫁给他最初的目的就是改善际遇，改变命运。

至于以后，或许是日久生情的结果。

1966年7月26日，二十七岁的她和七十六岁的他在北京"李宗仁公馆"举行了婚礼。

当司仪给夫妇俩戴上新郎新娘的胸花时，她的心突然揪了起来，她一下子觉得自己怎么到了这种地步！她借口醉酒，独自跑回楼上的卧室，泪如泉涌。

这是她的归宿吗？今后她怎么办？这个七十六岁的老人还有多少时日？或许他已不在而她还不到四十岁！甚至，旁边躺着这样一个爷爷般的丈夫，是多么地别扭无奈。

青春对于她，还没来得及开启，便早早地落了幕，不到三十岁，她便靠着安眠药才能入睡。

十八新娘八十郎，苍苍白发对红妆。鸳鸯被里成双夜，一树梨花压海棠。

她明白，自己已没了退路，这段"梨花伴海棠"的婚姻必须继续下去。

好在，他对她异常宠爱。

这爱中包含了男人对女人的怜惜，祖孙般的宠溺，还有暮年人对青春的追忆。

她睡在她自己的卧室，他每天夜里要从他的卧室轻手轻脚地溜到她身边，看着她年轻的脸庞，摸摸她的额头，替她掖好被子。

一贯神经衰弱的她烦了，跟他说以后不要半夜来吵。他笑着答应，她果然没有再听到他的动静，原来，他从此便光脚不穿鞋，生怕响动吵醒她。

有一次，她肚子疼，他告诉她吃四两南瓜子可以消痛。

她说，四两，那怎么吃得下去！他微笑不语。

第二天早上，她睁开惺忪的眼，一盘整整齐齐的瓜子仁放在床头。他说："若梅啊，我把瓜子都给你嗑出来了，你就这么吃吧。"

她的眼泪一下子涌出来。

原先的那些无奈和顾忌慢慢被他用细心和关爱融化，她觉得自己真是找到一个知己的人了，那么疼她。她要好好照顾他，死心塌地跟他过日子。

死心塌地的日子只过了不到三年。

1969年1月30日，七十八岁的李宗仁生命走到了最后一刻，曾经的"代总统"，威震日寇的将军，国民党的元老，临终前身边只有他年轻的妻子。

无数次被采访，她唯一不愿说的就是他辞世的细节，那可能是她人生中最哀痛无助的时刻，唯一真心爱护她给她温暖的人即将离去，那只枯槁的手逐渐冰冷，浑浊的眼神慢慢黯淡。他或许去了天堂，她却留在复杂莫测的现实世界。

心中的凄迷、孤苦、忐忑、感伤，岂止一个"痛"字。

失去他的保护，厄运接踵而至。

她被赶出李公馆，扣上港台"特嫌"的帽子，下放到武汉干校劳动。最难熬的日子，她给自己改名王曦。曦，早晨的阳光，道尽了她对美好的向往，偶然的一个机会，她听说了初恋情人的消息。

顶着一切压力，抱着抛弃所有的念头，颠簸了几十个小时，她去大兴看他。

在农村卫生所，一切恍如隔世。

五官科大夫变得黑、瘦、沉默。旁观者众多，相见者无言。

我猜她一定掉了许多眼泪，命运对于她，真的像那个神经质的养母，漠然地看着她跌倒、挣扎、坚持、妥协，却绝少露出一丝笑脸。

两人默默地见面，默默地分开。

李宗仁的遗产被她上缴国库，在周总理的批示下，她继承了郭德洁的遗物。

余下的岁月，她把李宗仁留下的物品捐赠给中国历史档案馆、广西李宗仁官邸和山东台儿庄史料馆，距离史料馆不远的地方，政府为她建了一栋别墅，邀请她出任李宗仁史料馆的名誉馆长。

对于这个给了她短暂慰藉的男子，她回报了余生的光阴、心力和怀念。

这个男子，也的确改变了她的命运。

1989年，八十一岁的胡蝶在温哥华病逝。

几年后，她才得知母亲去世的消息。

她不知道妈妈老年时的样子，她不知道妈妈是否思念过六岁便没再见面的自己，她更不知道，在胡蝶飞走的那一刻，是否想到了她这个遥远的女儿。

2008年11月25日下午6时，她去世了，六十九岁，没有子女。

有人让她总结自己的一生，她只说了四个字：

一声叹息。

　　当年那场婚姻曾经引起轩然大波，许多人指责她爱慕虚荣，甚至怀疑她胡蝶女儿的身份都是伪造的。

　　只是，一个女人嫁给比自己大近五十岁的男人，又有多少是因为爱情？不爱他苍老的容颜她就有罪吗？她承认自己首先憧憬的是扭转际遇，然后才是感情。她承认自己爱的不是他苍老的容颜，而是苍老容颜下隐藏的改变她命运的力量。这很可耻吗？

　　那些年龄悬殊的婚姻，有几成属于普通人？街头的老爷爷老婆婆那么多，为什么没有年轻男女去热爱？

　　一树梨花压海棠，海棠清楚，梨花也不糊涂。行将就木的人，有几分道理想不通？有几多便宜舍不得让人占？她爱你的超能量，你爱她娇嫩的容颜，谁也没有辜负谁。

　　胡友松的家里，挂满了她各种造型的照片，而年轻时最让李宗仁一见倾心的那一幅，挂在客厅最显眼的地方。

- 治愈你 -

　　不是所有不登对的婚姻都不幸福，因为你永远不知道另一桩婚姻中的两个人最渴盼的是什么。

　　李宗仁渴望的年轻美貌、温顺体贴，胡友松给了他；胡友松期盼的富裕优渥、安定平和，李宗仁满足了她。纵然隔着近半个世纪的年龄差距，两人依旧在这桩婚姻中达到了平衡。

愿赌服输未尝不是智慧。

表面快乐的不一定是真幸福，貌似悲戚的也不一定是真痛苦，坐在豪华餐厅吃美味珍馐的不见得都大富大贵，在幽静角落独自行走的，也不见得心中落寞。

追求各不同而已。

潘 素：
婚 姻 是 成 全

多年前有一档鉴宝栏目，宝主带来一幅潘素的青绿山水画，买主砸价时颇为不屑："潘素不过是借着名媛的名气，她那些东西我也画得出来！"评议席上一向宽容敦厚的老专家脸上显露出难得的揶揄："潘素的画，你肯定画不出。三分功力在画里，七分在画外，哪是三两天的功夫。"

点评得买主一脸尴尬。

真名媛成竹在胸，见识过人生的瑰丽，却难得一颗平常心，进退自如，荣辱自知，背后还带着一段不可复制的传奇，潘素的确担当得起。

她的经历当真如同一部章回小说，起承转合，气象万千。她曾经是苏州名门千金，清代著名的状元宰相潘世恩的后代，原名潘白琴，也叫潘慧素。幼年时期，大家闺秀的母亲沈桂香聘请名师教她音乐和绘画，所以，她弹得一手好琵琶，绘画功底也扎实。

十三岁时母亲病逝，她被继母王氏卖到上海的妓院。

如此冰火两重天的际遇，她却拾掇起无端的愁绪，铺展出别样洞天。

《苹果日报》社长董桥在那篇《永远的潘慧素》中描写二十世纪三十年代的她：

> 亭亭然玉立在一瓶寒梅旁边，长长的黑旗袍和长长的耳坠子衬出温柔的民国风韵：流苏帐暖，春光婉转，几乎听得到她细声说着带点吴音的北京话。

如此旖旎的资质，放在古代是薛涛一流，摆在民国更是当红花魁。她在十里洋场的上海花界别号"潘妃"，但她不像别的交际花，接的多是官场客人，她的客人居然以上海白相的二等流氓为主，这些人天天到她家酣畅淋漓地"摆谱儿"，吃"花酒"，她照样应接不暇地自顾自出"堂差"。

民国"黑社会"们大多有文身，潘妃便在手臂上也刺了一朵香艳的花。

所以，每逢想到潘素，首先脑补上的就是一个手臂刺花的妖丽奇女子游刃草丛的场景，想着那俗世的欢腾和肆意的热闹，还有她腾挪其间却不沾染半分俗气的玲珑，虽然身世堪伤却和"红颜薄命"扯不上半分关系，甚至还带着些违和的喜感，不禁抿嘴偷乐。

如果不是遇上张伯驹，潘素活色生香的名妓生涯未必结束得那么早。这位著名的"民国四公子"之一（其他三位是溥仪的族兄溥侗、袁世凯的次子袁克文、少帅张学良），父亲张镇芳是袁世凯的表弟、北洋军阀元老、中国盐业银行创办人。张伯驹的奇异，似乎章回体才能尽兴：

> 伯驹出身豪门，玉树临风，面若旦角，眉如柳叶，天
> 然一段风情，全蓄注在一双丹凤眼中。竟也是，贾宝玉的骨
> 子，纳兰容若的脾性，不顾双亲反对，退出军界，厌倦功
> 名。从此，读书、唱戏、写字、古玩、耽美在名士圈，名副
> 其实一个京城大公子。

这么一对奇男异女，金风玉露一相逢，便胜却人间无数。
张伯驹对潘素一见钟情，当场挥笔写了副对联：

> 潘步掌中轻，十步香尘生罗袜；妃弹塞上曲，千秋胡语
> 入琵琶。

片语解风韵，寥寥两行字把潘素的音容笑貌与特长描摹得淋漓
尽致，博得佳人倾心。两人的热恋激怒了已与潘素有婚约的国民党中
将臧卓，臧卓把潘素软禁在西藏路与汉口路交口的一品香酒店。哪里
料到，情痴张伯驹居然托朋友买通臧卓的卫兵，在一个月黑风高的晚
上，孤身涉险，劫走潘素。
那是1935年，潘素二十岁，张伯驹三十七岁。
从此，两人一生沉浮，形影相随。

婚后，张伯驹发现了潘素的绘画天分，不仅大加赞赏，更是着力

栽培。在他的引荐下,她二十一岁便正式拜名师朱德甫学习花鸟画,接着又请汪孟舒、陶心如、祁景西、张孟嘉等各教所长,同时还让她跟夏仁虎学古文。这位夏仁虎,便是著名作家林海音的公公。

谈笑有鸿儒,往来无白丁,潘素精进迅速。张伯驹带她游历名山大川,从自然的雄浑奇绝中寻找艺术灵感,此外,张家丰富的名家真迹,更是她学习的范本。中国现存最早的水墨画、隋代展子虔的《游春图》,李白唯一的真迹《上阳台帖》,陆机的《平复帖》,杜牧的《张好好诗》,范仲淹的《道服赞》,蔡襄的自书诗册,黄庭坚的草书卷,等等,这些听起来神话般的名字,随便哪一幅,都是价值连城的国宝。

潘素自述:"几十年来,时无冬夏,处无南北,总是手不离笔,案不空纸,不知疲倦,终日沉浸在写生创作之中。"张大千夸她的画"神韵高古,直逼唐人,谓为杨升可也,非五代以后所能望其项背"。著名文物鉴定家史树青曾为潘素的《溪山秋色图》题跋:"慧素生平所作山水,极似南朝张僧繇而恪守谢赫六法论,真没骨家法也,此幅白云红树,在当代画家中罕见作者。"中华人民共和国成立后,她的画曾被作为礼物送给来访的日本天皇、英国首相撒切尔夫人、老布什等。

她已然是现代首屈一指的青绿山水画家。

画如其人,潘素的画,像极了她自己的内心独白。

《云峰春江图》远山缥缈,近树绚丽,青山绿石错落有致;《松岭重峰》则是一色的绿,深浅不同的各种绿疏疏朗朗,映衬着云蒸霞蔚,参差出别样的风情;《远江帆影》中几叶扁舟,数座峻峰,浓淡得宜，自在空灵；《云峰秋色图》却是优雅和谐的调子，不见匠气刻板的布局。

没有大起大落的人生经历，很难有这般跌宕淡远的笔触。潘素的画，有冰雪却不见寒冷，有空山却不露萧瑟，有孤帆却没有自怜，清雅的底子透出疏落的俏丽与温暖，活脱脱就是她自己的写照。

再看张伯驹，出身富贵却没有一丝俗气，才华横溢却不带半分狂态。

刘海粟赞他是"当代文化高原上的一座峻峰"，说他的可贵在于"所交前辈多遗老，而自身无酸腐暮气；友人殊多阔公子，而不沾染纨绔脂粉气；来往不乏名优伶，而无浮薄梨园习气；四周多古书古画，他仍是个现代人"。

就像他的自陈："我本是卧龙岗散淡的人。"

这样的两个人，似乎是天意的一对。

他成全了她锦心绣口不染尘埃的慧根，她成全了他超逸脱俗宠辱不惊的器宇。于是，张伯驹与潘素，成了难得的幸福夫妻。

原来，圆满的婚姻，不过是彼此的成全。

一对男女，相遇已属缘分，钟情更是不易，费尽周折地结为夫妻，那真是机缘的天时地利与情感的水到渠成。年轻时的爱情，蚕茧一般丝丝缠绕蜜意绵绵，中年时的爱情却如飞蛾破蛹，懒洋洋灰扑扑，化作蝴蝶的太少。

而太多的人，不到七年已痒，走到半路已成了陌路。

当年爱他飞扬的个性，现在眼热的却是闺密新换的豪宅，于是，他的不羁变成不负责任，需要一日三番地唠叨控诉；曾经钟情她质朴的善良，如今喜欢的却是回眸一笑百媚生的风情，于是，她的纯朴成了木讷，连抬眼打量都是多余。

多少夫妻，在漫长的岁月里，硬生生折断了彼此的优点，变成互不欣赏、互相打击的对手，在婚姻的竞技场上，用尽全力耗尽一生地战斗。

稳定的婚姻各种各样，爱得你死我活并不稀奇，甚至未必重要，最难得的，是成全。

所以，每个甜蜜的女子背后，大多有一个宽厚男子的默默扶助；每个圆满男子的身边，也少不了一个宽容女子的无声支持。

张伯驹视金如土收藏文物的"败家"举动，潘素不仅赞赏，还变卖珠宝首饰鼎力相助，宁愿独自应对柴米油盐的琐碎，也要成全他的名士风流。

1946年，隋代画家展子虔的《游春图》流于世面，张伯驹卖掉了弓弦胡同李莲英的老宅，购得了这件宝贝。一家人携着《游春图》，美滋滋乐呵呵地从弓弦胡同搬到了城外的承泽园。

1952年，《游春图》和唐寅的画一并捐给了北京故宫。1953年，承泽园也卖给了北京大学。张伯驹一家最后的居所，是后海边最普通的四合院。

1956年，两人又把用全副家当甚至生命换来的、珍藏多年的瑰宝捐给了故宫博物院，包括《平复帖》《张好好诗》《道服赞》等八件。至今，它们仍是故宫的镇院之宝。

章诒和在《往事并不如烟》中说，这对夫妇相处，是完全以张伯驹为轴心的，潘素对张伯驹，是百分之一百二地好。

有一次，张伯驹看上了一幅古画，出手人要价不菲。而此时的张伯驹，早已不是当年贵气的"民国四公子"，没有实职，尽是闲差。画虽然好，但想到现实的经济状况和未来漫长的实际生活，潘素有些犹豫。张伯驹见她没答应，便嚷嚷开了，然后索性躺倒在地上，任凭潘素怎么拉，怎么哄，也不起来。最后，哭笑不得的潘素许诺："还是拿出一件首饰换钱买画吧。"于是，大她十七岁的张伯驹才翻身爬起，拍拍沾在身上的灰尘，自己回屋睡觉去了。

章家请张伯驹夫妇吃饭，张伯驹不说话，只顾吃，礼貌而周到的潘素却不停地夸菜好，夫妻俩就像分工好了一样。章诒和的父亲章伯钧去世后，她的母亲搬了家，首先前来看望的人便是张伯驹与潘素。他们不知道章诒和母亲的新住址，到处打听，最后通过一个古董商谎称要与章家核对账目才从农工党机关那里得到了章家的地址。

而此时的章伯钧，早已是人人避之唯恐不及的"现行反革命"。

1975年，两人结合四十年后，年近八旬的张伯驹到西安女儿家小住，与老妻暂别，写下深情款款的《鹊桥仙》送给潘素：

> 不求蛛巧，长安鸠拙，何羡神仙同度。百年夫妇百年恩，纵沧海，石填难数。
> 白头共咏，黛眉重画，柳暗花明有路。两情一命永相怜，从未解，秦朝楚暮。

一生成全换来一生懂得与珍惜。

潘素的画配上张伯驹的字是收藏界的珠联璧合，两人经常合作作画，或者她画花草，他题诗词，只见青山绿水意象无穷，几行小字题识远看犹如一群暮色中的归燕，无论春风得意或是贫顿困厄，均相携而来。

1981年1月，两人最后一次合作，北海画舫展出了老夫妻的作品五十八幅。

1982年2月，张伯驹去世。

十年后，潘素相随。

·· 治愈你 ··

实际上，幸福女人的背后都有一个本质不错的、智慧的、很替妻子着想的丈夫，这不是靠女人调教就能调教得成的，犹如张伯驹之于潘素。

这样的男人，懂得欣赏女人的优点，包容女人的弱点，甚至发觉女人自己都意识不到的潜能与才华，他们如同一支妙笔，把女人点拨成宝库。

当然，有慧心的女人懂得回应。是的，是"回应"而不是"回报"，回报带有太多的沉重和目的性，而回应，恰如春天里的一缕清风撩拨得人心尖酥痒：我明白你对我的好，我将尽我所能给予你更多的好。

如此的婚姻关系，怎能不是良性循环呢？

婚姻是懂得，是珍惜，更是成全。

蒋碧微：
最远的距离，不过进退之间

现在想来，人生若只如初见，真是句太怅惘的话。仿佛是隔着扑面的烟尘和记忆的碎片，回望许多年前的那个夜晚，彼时，月也白华，人也青葱，心也悸动，并没有经历后来不堪的真相和委琐的现实。于是，在心底低低地感叹一声：哦，原来曾经，真的是爱过他（她）的。

大多数怨侣回忆起当年，多少都会这么感慨。

就好像，1953年9月的某一天，蒋碧微得知，徐悲鸿直到去世，身边还珍藏着早年与她同在巴黎买的怀表。

就好像，1968年4月，蒋碧微在医院，望着病榻上双眼微张、不能言语、行将离世的张道藩。

1917年，二十二岁的徐悲鸿对十八岁的蒋棠珍一见钟情。由于早年曾与她的伯父和姐夫同在宜兴女子学校教书，徐悲鸿不仅是蒋家常客，而且深得她父母的喜爱。

有一天，徐悲鸿托朋友朱了洲悄悄传话，问她是否愿意一起出国，从未与任何男子单独会面过的蒋棠珍，居然未经犹豫地答应了。她把一封信留在母亲的针线筐里，把十三岁就已确定的婚约抛在脑后，毅然决然地跟着这个几乎是陌生的男子远走东京。她在回忆录中说：

> 这以后徐先生便私下为我取了一个名字：碧微。还刻了一对水晶戒指，一只上刻"悲鸿"，一只镌着"碧微"。他把碧微的戒指整天戴在手上，有人问他这是什么意思，他便得意地答："这是我未来太太的名字。"人家追问他未来的太太是谁，他只神秘地笑笑。

私奔之后，宜兴名门望族蒋家无奈地搞了场行为艺术，宣称蒋棠珍因病身故，哭灵、出殡，棺材里放满了石头。从此，蒋棠珍的名字与石头一起掩埋，蒋碧微的人生之幕徐徐开启。

我曾经思忖，怎样的岁月才担得起"最美好"的注脚，或许真该如沈从文所说，在最好的年华遇见最好的你。仿佛当年的徐悲鸿与蒋碧微，一个年少俊逸才华初显，一个热烈浪漫青春洋溢，从东京到巴黎彼此依偎，光景温软得如同他为她画的那些画。

《琴课》里，她旗袍典雅，身姿婀娜，握着小提琴的手指纤细灵动，隔着近百年的时空依然能感受到，笔墨落在画布上的一瞬间，饱蘸了无限的爱意，只有深爱一个人，才能让她在画中如此静美、优雅，独具光华。

《箫声》里，她唇角微扬，眼眸清亮如秋水，手指蝴蝶样地翻飞，箫声蜿蜒，呼之欲出，娴雅沉静的画面下，有情感的河水缓慢而深邃地流淌。还有《凭桌》《裸裎》《慵》《静读》《传真》，单从这些画，就能读出当年他对她的深情，所以我相信，画中凝聚的一刻，是他们最美好的时光。

只是，美好终究有限。

当清寒皆成往事，繁华即在眼前，两人的关系却急转直下。

1927年回国后，徐悲鸿担任中央大学艺术系教授，在画坛声名鹊起，子女也相继出生，国民党元老吴稚晖牵头，为他在南京修建华美的傅厚岗公馆。

蒋碧微热爱社交，谈笑有鸿儒，往来无白丁，太太客厅式的觥筹交错让她怡然自得。而此时创作力旺盛的徐悲鸿却将心力完全放在艺术上，家庭无法分润一毫。她不满他以自我为中心的冷漠，他反感她强势与挑剔的虚荣，裂痕一天天扩大。

1930年，徐悲鸿爱上学生孙多慈，孙多慈赠予红豆，他镶金做成戒指，镌上"慈悲"二字。仅仅十年，他手上的戒指便从"碧微"换作"慈悲"，怎能不让她碍眼堵心？她横刀立马捍卫婚姻，不仅拔掉了孙多慈赠送装点傅厚岗公馆花园的枫树苗，而且写信给相关负责人，让孙多慈官费留学的机会泡汤。

他愤然以"危巢"命名公馆，以"无枫堂"命名画室，远避桂林。

1938年，他在贵阳《中央日报》刊登启事：

悲鸿与蒋碧微女士因意志不合，断绝同居关系已历八年。破镜已难重圆，此后悲鸿一切与蒋女士毫不相涉。兹恐社会未尽深知，特此声明。

十八岁起与他一同漂泊天涯抚育子女的甘苦被一笔勾销，曾经甜蜜温软的时光变成了"同居"，她勃然大怒。敢于私奔的女子，都有几分果断泼辣不计后果的天性，她从此与他恩断义绝势不两立。

　　她把"分居启事"镶在玻璃镜框里，赫然放在客厅迎门的书架上，命名为"碧微座右铭"。

　　他给她父亲蒋梅笙葬礼送的奠仪被一概退回。

　　她对与孙多慈分手，试图修好的他说："今天你要是自己醒悟，因为割舍不下对我和孩子的感情而要求回来，那还可以考虑；如果是因为孙也不要你，你退而求其次回来，那是绝无可能。"

　　这样的强势下，复合了然无望，波光潋滟的旧时光到底遮不住现实的清淡。

　　离婚时，她再次展现了得理不饶人的胡搅蛮缠，向他索要现金一百万元、古画四十幅、他本人的作品一百幅，此外，每月收入的一半交给她，当作儿女抚养费。

　　心怀对她的愧疚和对巴黎生活的感念，他夜以继日作画满足她非分的要求。不料，她又提出，先前支付的二十万元已花完，要再给一百万和一百幅画，此外每月给子女两万元抚养费。这回，连律师沈钧儒都怒了，两人并无实际婚约，无理要求大可置之不理。这时的她，分明有点像《渔夫和金鱼》中那个贪得无厌的老太婆，有点招人嫌了。

　　而月薪不过两万的他再次答应了她的所有要求。1945年在离婚协议上签字时，他还将那幅《琴课》带去送给她，他知道她喜欢那幅画。

　　他终究还算是个厚道的男子，即便被她逼到墙角，也不曾回手。

甚至，在两人关系的最后一刻，顾念着旧情。

离婚当晚，她去打了一个通宵麻将，是解脱呢，还是庆贺呢？

二十八年最好的时光从此成了前尘往事。

每次看到她在自传中客气地称他"徐先生"，读到她的自陈"和悲鸿结缡二十年，我不曾得到过他一丝温情的抚慰"，都让人百感交集。这些极简极淡、山寒水瘦的文字，写的都是抱怨，抱怨他不忠、背叛、离弃。而她自己，为人妻的贤达知礼，为人母的宽厚无私，又做到几分？纵然当年他移情孙多慈，她难道没有别恋张道藩？五十步与百步的差别，他用一生的愧疚偿还，她用一世的怨怼相对。

许多道理，不是聪明可以明白，那需要一生沉浮后的顿悟。

当年的她，必然是黑白分明、爱憎了然，眼里容不得一粒沙，美狄亚一般充满被辜负的愤懑和报复而后快的凶悍。

而经年打磨，她老年后发现，原来这一生不曾用过其他任何人一块钱，也没有向其他任何人借过钱，都是依靠"徐先生"离婚时给她的画换钱为生。原来她视为生命的尊严和骄傲，都是那个"负心人"提供的。她的心里是否会有一丝自省的后悔？

后悔当年不知进退的强硬。人生漫长又苦短，幽长的路途充满险阻，谁不曾迷失与错谬？生活中并没有纯粹的黑与白、对与错、爱与恨、补偿与亏欠、得到与失去，大多只是黑白之间深深浅浅的灰色，模糊而难解。绝艳易凋，连城易碎，多少美好毁于一意孤行的执拗。

进退相隔不过是分寸的把握，人生苦短不过在迂回之间。

这些，以她的聪明，她迟早会明白。

假如没有张道藩。

蒋碧微同时代的女子，有过如此浓烈、炽热情感经历的不在少数。只是因为徐悲鸿和张道藩的巨大光环，她不期然地成了民国两件最出名情事的女主角。婚姻中的蒋碧微，向徐悲鸿展现了人性中毫无顾忌的一面：强悍、任性、虚荣、计较；婚姻外的蒋碧微，却留给张道藩一个女子力所能及的美好：聪明、优雅、温柔、得体。对比之间，你不得不感叹，婚姻化神奇为腐朽的作用，竟也是如此强大。

和徐悲鸿的刚直耿介相比，张道藩既有画家文人的浪漫多情，又有职业政客的世故圆滑。他和蒋碧微初见于1922年：

> 给他留下更深印象的是徐悲鸿的爱妻蒋碧微，那修长的身材，白皙得近乎透明的皮肤，长可及地的一头秀发，亭亭玉立的风姿，令他久久难忘。

许多传记中描述两人初见的情形居然是这么一句知音体，可见当年张对蒋迷恋的程度。在巴黎期间，谢寿康、刘继文、邵洵美等留学生成立了"天狗会"，彼此兄弟相称，徐悲鸿是二哥，张道藩是三弟。1926年，三弟从佛罗伦萨给二嫂寄了第一封信：

> 你不必问她是谁，也无须想她是谁，如果你对我的问题觉得有兴趣，请你加以思考，并且请你指教，解答和安慰：以你心里的猜度，假如我拿出英雄气概，去向她说：我

爱你。她会怎么样？假如我直接去问她：我爱你，你爱我不爱？她又会如何回答我？

刚刚在巴黎心情复杂地与法国姑娘苏珊订婚的三弟，并没有获得二嫂的热烈响应。直到1937年，南京被日军轰炸，二嫂婚姻失据，国破家难才成全了这段"天地间最伟大的爱情"（张道藩语）。

从1937年到1949年，两人以"振宗"和"雪"为名，情书纷飞。那两千多封通信，在不相关的人看来，有无病呻吟的相思，有情到深处的絮叨，有事无巨细的烦琐，有只宜私语的肉麻，只觉得口水甚多。比如：

宗：心爱的，我想你；我行动想你，我坐卧想你，我时时刻刻想你，我朝朝暮暮想你，我睡梦中也想你。

雪：你若把我拿去，烧成了灰，细细地检查一下，你可以看到我最小的一粒灰，也有你的影子印在上面。

他把给她的情书命名为《思雪楼志》，她把自己的书房称作"宗荫堂"，真是甜蜜黏稠得如同一对青春期小儿女。

张道藩趁她父亲七十大寿，送了厚重礼金，她当即退还："幸君谅吾苦衷，纳回成命，庶几爱吾更深矣。"多么懂事明理，哪里还是那个为了要钱跟徐悲鸿大闹的蒋碧微。

1942年，客居新加坡三年的徐悲鸿回到国内，蒋碧微十分尴尬，作为徐悲鸿的合法妻子，她无法拒绝丈夫返家，但她已成了张道藩的情妇。她写信给张道藩，倾诉心中的矛盾，张道藩提出四条出路：一、离婚结婚（双方离婚后再公开结合）；二、逃避求生（放弃一切，双双逃向远方）；三、忍痛重圆（忍痛割爱，做精神上的恋人）；四、保存自由（与徐悲鸿离婚，暗地做张道藩的情人）。蒋碧微选择了最后一条路。

两人深度纠缠三十多年，在台湾同居十年，他始终没给她妻子的名分。张道藩当时官至台湾"立法院院长"，妻子苏珊到蒋介石官邸告状要求主持公道，不然就向新闻界尤其是西方记者抖搂一切。

是要美人迟暮的蒋碧微，还是要名誉、地位、前途？张道藩虽然纠结却依旧清醒。比起感情大过天的徐悲鸿，他的政客本质表露无遗。

蒋碧微的失落可想而知。三十年的烦恼、痛苦夹杂着甜蜜的生活，像是一场春梦乍醒。当年那句"等你六十岁，就和她离婚，来娶我吧"的誓言海市蜃楼般幻灭，她却从一只饱满多汁的蜜桃变成了干瘪的果核。

果核依旧硬朗好强，毫不嘴软地总结："基于种种的因素，我决计促成他的家庭团圆。"

与他分手六年后，她完成五十万字回忆录，上篇《我与悲鸿》，下篇《我与道藩》，1966年在台湾皇冠出版，至今仍轰动遐迩。

两岸隔绝，她与子女音讯难通，暮年独居近二十年，寂然离世。

《琴课》2002年由嘉德春拍会售出，价值一百六十五万元。

就像一场反讽，自尊到强悍的蒋碧微，人生的两段感情都没有名分。

她这一生，似乎始终没有掌握好生活的力道，于不该时，用力过猛；于坚持时，绵软无力。

若当年徐悲鸿诚恳回头，她摒弃前嫌地反省并接纳，至少一家四口终得团圆，以徐悲鸿的处世之风，后续岁月应当待她不差。两人相遇于最好的年华，纵然中年龃龉，晚年也是圆满的。他不至于身体每况愈下，七年后便撒手人寰。她也不至于漂泊异乡，孤寂终老。

倘若当年张道藩提出四点解决意见时，她拿出和徐悲鸿离婚的剽悍与果断，坚决要他与苏姗离婚和自己重新开始，也不至于造成三个人的痛苦：苏姗带着女儿远避澳大利亚，张道藩陷入家庭与情感的两难，她自己既没得到名分，最终还失去了感情。

不同选择下的人生，真的是天地迥然。她这颗响当当的铜豌豆，和生活来了场硬碰硬的正面交锋，结果一地碎片。

铁骨铮铮的她始终在往前冲，哪怕头破血流、两败俱伤，也不曾深情款款地避让与后退分毫。

对于一个女子，或许最远的距离，就是进退之间。

<hr>

治愈你

大多数女子，在人生的某个阶段都会活得特别激烈和用力，貌似特别精彩，但是，蒋碧微这样穷其一生坚硬到底的女子并不多，她精明，却未必智慧。

　　实际上，做一个聪明的笨女人难度更大。她们懂进退，拥有适度的独立、隐藏的理性、含蓄的聪颖、温和的才华，不炫耀更不咄咄逼人。

　　什么是"新女性"？并不是处处向男人看齐就是解放，处处和男人对立就是独立，处处和男人死磕就是个性。

　　用力过猛，过犹不及。

孙多慈：

许多言语，不如无声

1953年9月的一天，或许是个天空阴霾淫雨绵绵的下午，五十四岁的蒋碧微去中山堂看画展。展厅门口签罢名转身间，一个似曾相识的身影立于眼前——虽然四十岁的孙多慈也不复当年青春盎然的"女学生"模样，却清雅温婉别有韵致。

最终，大枝大朵、快言快语的蒋碧微率先开口："徐先生前几天去世了。"

向来沉默少语的"女学生"忽然脸色大变，泪水夺眶而出。

二十三年前为了同一个男子势同水火的两个女子，人生的唯一一次对话，居然是告知那个男子的死讯。

而那个男子，早已成了最熟悉的陌生人，在海的彼岸十五年音信杳然。

徐悲鸿1953年去世后，在接下来的半个世纪中，他生命中最重要的三个女人有两个都写了回忆录：蒋碧微写于二十世纪六十年代的《蒋碧微回忆录》，廖静文写于八十年代的《徐悲鸿的一生——我的回忆》。而唯有"女学生"孙多慈，从来缄默有加，评议由人，直到

1975年辞世，也未曾为自己解释半字。

当然，她从来也不是个多话的人。

洪晃曾说："在我们心目中，永远有一种对'五四'女学生的向往。"孙多慈便是这种女学生的典范，即使1930年对她来说是个稍显灰暗的年份。

那时，她常常神情悒郁地行走在安徽安庆这座六百年省会的江城街头，仿佛一张轻飘飘的纸，失落地融入周围白墙灰瓦的徽派建筑。

这一年，她不仅大学落榜，而且家道变故。

虽然祖父孙家鼐是清末重臣，历任工、礼、吏、户部尚书和中国首任学务大臣，父亲孙传瑗也是一代名士，担任过孙传芳秘书和国民党安徽省常委。但是，因为卷入党派斗争，孙传瑗在女儿考试前的秋天被秘密羁押，直接导致安庆第一女中的首席才女发挥失常，与南京中央大学文学院失之交臂。

才女落榜总让人格外惋惜，当时在安徽大学任教的苏雪林曾回忆说："我是安徽省立第一女子师范卒业的。民国十九年，到安大教书，又回到安庆，母校此时已改为省立第一女子中学了。常听朋友们谈起：母校出了一个聪明学生孙多慈，国文根底甚深，善于写作，尤擅长绘画，所有教师都刮目相看，认为前途远大，不可限量。"

命运为孙多慈暂时关上了求学的门，却打开了艺术的窗，由宗白华引荐，她1930年来到南京中央大学美术系做旁听生。

一场落榜拉开了民国最著名师生恋的序幕。

南京中央大学美术系主任徐悲鸿很快注意到一个女生，她眼神忧郁而流转，伏在桌上温习笔记时，刘海便斜斜地搭在眼帘，阳光总能恰巧在她发梢打出一圈七彩的晕轮，让她单纯素净的脸焕发出奇特的光彩。

授课每讲到紧要处，他先去看那个女生，倘若她微微咬着嘴唇，表情疑惑而空洞，他便慢慢解释细细分析；若她嘴角轻扬，黑亮的瞳仁里泼出会心的神采，他便轻轻一笑，继续下一段讲义。

这个女生的潜力与爆发力让他诧异。他以为她没有半点西画底子，一年也未必能学出所以然，可一个月之后，她的素描已经在二十多个学生里中等偏上，这不能不让他震惊。

于是，孙多慈像一颗疾速的子弹，毫不犹豫击穿了徐悲鸿的心。

于是，他写信给妻子蒋碧微："如果你再不归来，我可能就要爱上别人了。"

只是，爱情哪里是这般收放自如，虽然徐悲鸿自认磊落，但情感的天平依旧失控倾斜。他为这个女学生画了幅著名的素描肖像，这幅简单的小画，居然耗了大师一个礼拜的时间。

他说："多慈，你可是觉得我将你画得不美？可你看这双眼睛，多么清澈透亮，里面装的世界可是大大地美好多姿。而你说我画得太稚气，没有把握你的'神'，可在我眼中，你初初十八，第一次离家来到南京，可不是这么个稚气未消的少女吗？"

他在素描肖像右下角题道："慈学画三月，智慧绝伦，敏妙之才，吾所罕见。愿毕生勇猛精进，发扬真艺。噫嘻！其或免中道易辙与施然自废之无济耶。"落款"庚午初冬，悲鸿"。

一片深情款款的热爱。

从此，徐悲鸿帮孙多慈张罗画展，为她卖画，替她加印画册，还偷偷变卖自己的画作筹集款项，准备她自费出国留学的费用。他对她的感情，怜爱、疼爱、珍爱兼有，远远超越了普通师生之情。

　　一个功成名就的男子无微不至、狂热浪漫地表达着自己的热爱，用不管不顾、劈头盖脸的方式，无论是画业上的指点、精神上的交流，还是生活中的帮助。在这种不对等的爱情中，孙多慈似乎只有接受和感恩的份儿。她从来不发表什么意见，以她的聪慧和自尊，她绝不会没有丝毫想法；以她的温婉和顺从，除了报以崇拜、敬重与爱情，任何一点其他的念头看起来都像是辜负了。

　　况且，这样的爱情虽然带来了一些飞短流长，但受着大师的荫庇，她也着实收获了不少便利。

　　不过，大师的感情，热爱时是强势的，厌弃时也是强势的。

　　为了和孙多慈在一起，徐悲鸿对蒋碧微发了一纸《分居声明》。字字绝情，句句寡义，没有半分的商量与交代，没有对过往情怀的丝毫眷顾，难怪蒋碧微之后的恼怒与决绝，这种强势的抛弃与伤害几乎是对一个女人最大的否定。

　　于是，蒋碧微成为"慈悲"之恋最坚定的阻挠者，她使出浑身解数，把这段感情抖搂成一桩沸沸扬扬的绯闻，以至于"慈悲"的朋友沈宜申拿着报纸上的《分居声明》去找孙多慈的父亲孙传瑗，想极力促成两人的婚事，这个在徐悲鸿看来"面貌似为吾前身之冤仇"的老人不仅坚决反对，而且带着全家转往浙江丽水。

　　分别之后，徐悲鸿曾绘制《燕燕于飞图》赠孙多慈，画面上的古

装仕女愁容满面,仰望着天上飞翔的小燕子出神。孙不着一字,回赠红豆一粒。徐悲鸿见红豆触景伤情,答以"红豆三首":

> 灿烂朝霞血染红,关山间隔此心同;千言万语从何说,付与灵犀一点通。
>
> 耿耿星河月在天,光芒北斗自高悬;几回凝望相思地,风送凄凉到客边。
>
> 急雨狂风避不禁,放舟弃棹匿亭阴;剥莲认识中心苦,独自沉沉味苦心。

相比蒋碧微严词厉句的讥诮,孙多慈的些微举动,都能撩拨得徐悲鸿心海汹涌,难免让人感慨:多少女人的幸福都毁在了一张嘴上。苏格拉底为了躲开他暴躁又唠叨的老婆,宁愿跑到雅典的苹果树下思考;欧仁妮皇后虽然傲娇而卓绝,但拿破仑三世依然驱车狂奔蒙泰涅大街二十八号,只为那里住着一位懂得沉默的女子。

蒋碧微遭遇孙多慈,也算是她的劫数。

如果碰上的是另一个和她同样有力气和手段的女子,她熟门熟路见招拆招,倒未必落败;可她那虎虎生威的"降龙十八掌"到了孙多慈这儿,却被纤纤盈盈的"兰花拂穴手"噎得如掌击棉,无处施展。

感情上,多话的女子大多敌不过无声的女子。

无声的女子懂得隐藏和留白,沉默得让人猜不透却欲罢不能,无形中为自己和别人都留了余地;多话的女子则毫无保留尽示人前,看似气势如虹,实则自曝其短。

男人心目中的经典女子，有几个能说会道喋喋不休的？

蒋碧微败给了孙多慈，"慈悲之恋"却败给了时间。

孙多慈曾与徐悲鸿有过"十年之约"："十年，你也有个了断，我也有个结果。"

结果，十年之后，两人早已天各一方。

徐悲鸿应邀去印度讲学，五年不归，1942年回国时，孙多慈已遵父命嫁给当时浙江省教育厅厅长许绍棣。1946年，徐悲鸿与廖静文在北平结婚，在一幅红梅图轴中，孙多慈题道："倚翠竹，总是无言；傲流水，空山自甘寂寞。"徐悲鸿见后，在梅枝上补了一只没有开口的喜鹊。

一个怅然若失，一个欲说还休，悲欢离合总无情。

只是，十年之后，孙多慈已不再是天真顺从的女学生，而成了没落大家庭的顶梁柱，她需要的不再仅仅是爱情，还有稳定的家庭和适合创作的环境。

到了一定年纪，爱情便不再是生命的必需，不管它曾经怎样绚烂热烈地存在过，而生活和事业却将继续。

许绍棣提供了她所需要的一切。

创作上，孙多慈有机会游历庞贝古城、巴黎、伦敦，参观了大量流落异国的中国文物，尤其是敦煌壁画，广开眼界，画风渐变。

事业上，许绍棣聘她为英士大学讲师，又聘为国立杭州艺专副教授，1947年助她在上海办画展，1949年带她迁居台湾。之后的许绍棣担任台湾"立法委员"，已然是政坛要人。于是，孙多慈又前往美国哥伦比亚大学学习，接着去法国国立美术学院从事研究。回台湾后在台湾师范大学任教授，并于1957年获台湾"教育部"美术类金像奖，后来担任该校艺术学院院长。

没有许绍棣的关照，一个柔弱女子在风雨乱世获得这样的成就谈何容易？婚后，孙多慈不再动荡、冲突和迷茫，她被照顾得稳定、踏实而安宁。中年的孙多慈，气质绝俗，风度高雅，透出生活优渥的澹远宁静，熟人评价她"不是一个爱说话的人，许多语言，常以微笑代替"。

这样的性情使她后期的画风明显脱离了徐悲鸿一派的大开大合、奔放豪迈，而转向细腻、稳健、婉约。

果然，轰轰烈烈爱着的人，不一定是最适合的伴侣。

果然，选择一个男人，就是选择一种人生。

1975年，六十二岁的孙多慈患乳腺癌去世。孑然一身的许绍棣望着四壁的画作，感慨"览镜白头嗟耄及，可怜归计日迟迟"，叹尽了孤身一人的愁绪与感伤。这个男子，虽然曾被与王映霞的绯闻缠身，却允许自己的妻子在家里为徐悲鸿守孝三年，也是难得的宽容与雅量。

1980年，许绍棣病死台湾，与孙多慈的骨灰合葬在阳明山。

大多传记提到孙多慈，总是唏嘘感慨，仿佛她承受了特别的委屈与不公，仿佛她错失徐悲鸿是莫大的遗憾，可是，谁说错过不是成全？相比孑然一身的蒋碧微，或者相伴七年便天人永隔的廖静文，她这一生，理想与现实，名气与名声，爱情与婚姻，艺术与事业，何曾缺失过什么？没有一样她不是举重若轻信手拈来，却四两拨千斤，抖出了灿烂金光，她遇到的每一个男子，都对她流转着陌上花开缓缓归的珍惜。若说遗憾，人有悲欢离合，月有阴晴圆缺，古难全的事，又有什么好强求？

这个沉默的女子，似乎才是命运最大的赢家。

或许她早已明了，生活波诡云谲，说什么呢？既然未曾真正失去过什么，不如无声吧。

.... 治愈你 ....

年岁渐长，我们的话越来越少，越来越懒得倾诉。

那些美好的事，封存在心底，会浓缩成一颗甜蜜的糖；那些忧伤的事，压缩在心底，会消逝成一缕浅淡的风。

高调晒幸福，徒遭人嫉妒；委屈说辛苦，再添一次堵。像孙多慈一样话不多的人，眼睛是明晰的，心里是明白的，气韵是淡然的。

她们清楚，世界上真正值得说的事不多，就像真正过不去的坎也很少一样。

廖 静 文：
甲 之 蜜 糖 ， 乙 之 砒 霜

　　参加一位久未联系的老友婚礼，四十岁的他依旧挺拔而倜傥，透着事业蒸蒸日上的男人特有的笃定、持重与潇洒。身边是他精挑细选的新娘，出乎意料地平凡，且不用对比他那些艳帜高张卓尔不群的前女友，仅仅站在现场的宾客中，也不过中人之质。她用热切而又崇拜的眼神谛视着他，好像一株攀缘着橡树的凌霄花，因紧张而动容，因庆幸而澎湃，让人不禁猜想，那紧挽着他胳膊的手心里必定满是汗。

　　敬酒到我们这桌，老友赞许他的太太，是位难得的贤妻良母。于是，桌上有人打趣，早听说了半夜三点太太为他做消夜的段子，那三明治用烘烤过的面包片，细细地夹了火腿、煎蛋和碧绿的生菜，当然，还有满满的爱意。

　　我恍然大悟了眼前人的珍贵，这样关键的时刻，他那些个性自我的前女友，最多扔出包方便面吧，只有贤妻良母，才能提供如此高规格的贴心服务。

　　所以，历尽沧桑的中年男人，终极的婚姻需求大多是一位贤妻良母。

无须太美风姿，无须太高才华，无须太强个性，无须太多自我，只需爱，且深爱他和他的事业。就像徐悲鸿最后的妻子廖静文，她会说："我认为自己是幸运的，因为悲鸿是中国如此杰出的一个人物，遇见他，陪伴他，为他生下两个孩子，这对平凡的我来说真是意外的幸运，尤其是每当我想起他生前那么钟情于我，都忍不住要流泪。"

这样匍匐在地上仰视的言语，若是女权主义者听了，怕是要捶胸顿足、跳脚大骂。但是，单纯、执拗的天才绘画大师，决裂了锦瑟年华携手私奔的热烈原配，错失了而立之年苦恋十载的淑雅红颜，终于在过尽千帆之后找到了真正适合他的女子——以他为中心的女子。

于是，1945年，二十二岁的廖静文嫁给五十岁的徐悲鸿，成为他最后的妻子。

与出身名门、早露锋芒的蒋碧微、孙多慈不同，廖静文1923年出生在湖南长沙县双江镇团山村铁向坡组一个普通的知识分子家庭。她第一次见到徐悲鸿是1942年，重庆的中国美术学院招图书管理员，录取比例是40:1，她原本觉得没什么希望，却意外得到了面试通知，见到了当时已经声名显赫的徐悲鸿。大师当时四十七岁，两鬓花白，有一张苍白憔悴却轮廓优美的脸。

她以第一名的成绩被录用，跟随徐悲鸿去了重庆。她后来回忆："当时学院图书馆的书并不多，我有闲了就帮先生整理画案，也看他画画。好多次看他自己洗衣服甚至钉纽扣，便很替他难过，我知道他妻子爱上了别人离开了他。有一段我们经常一起到嘉陵江边散步，人们都说柔情似水，天长日久，我们互相依恋，感觉离不开对方了。"

蒋碧微又一次发现了这段疑似"师生恋"，于是给廖静文的父亲写信，廖静文的父亲也像当年孙多慈的父亲一样出面阻止。

"在这么大的压力下，我哭着给悲鸿写了封信一个人走了，在嘉陵江边等轮渡的我正暗自伤心，一只大手拍在我的肩上。悲鸿往常是上完课中午才回住处，那天他心神不定，只上了两节课便回去了，发现我写的字条便疯了似的追来。他说：'我与蒋碧微没有任何干系了，她要什么我都满足她，只要能跟你在一起。'"

经历了轰轰烈烈的离婚风潮和赡养费协商，廖静文成了徐悲鸿的妻子。

相守七年，大师仙去，她把所有绘画作品捐献国家，担任徐悲鸿纪念馆馆长、徐悲鸿画院名誉院长，还担任中国书画家联谊会主席、当代中国书画网首席顾问、全国政协常委。

这一生，她的名字前面都要加个定语：徐悲鸿夫人。

1982年，她出版了《徐悲鸿的一生——我的回忆》。

1966年，《蒋碧微回忆录》在台湾出版时，被《皇冠》杂志誉为"中国第一部女性自传"，成为众多读者追捧的畅销书，尤其是上篇《我与悲鸿》，不仅是了解研究徐悲鸿的重要资料，也是研究女性心灵史和解放史的独特文本。其中细腻优雅的笔法，将蒋碧微卓著的文字功底展现得淋漓尽致。

看两个彼此不待见的女人，描绘同一个男人的情感经历，真是违和又分裂。

蒋碧微总结她与徐悲鸿一起走过的岁月，说："如此我从十八岁跟他浪迹天涯海角，二十多年的时间里，不但不曾得到他一点照顾，反而受到无穷的痛苦和厄难。"

当年的她勇敢、执着，如春天盛开的樱花般绚烂而热烈。爱情在左、青春在右的时日里，却只能望着巴黎橱窗中美丽的风衣叹息；还有1927年回国，大师连旅费都未给足，若不是娘家接济，一路不知风波多少；又或者，漂泊十年，他们才在吴稚晖的资助下，终有安定之所。

廖静文则说："他善解人意，体贴入微，作画已入佳境，又能够珍视天伦之乐。"

当然，她也始终记得，为了寻她，徐悲鸿从重庆出来四天，半路车坏，换了三次车，最后一辆货车在离贵阳二十多公里的地方又坏了，于是"就一个人在黑夜、雨水、泥浆里步行了四十华里"。

还有他每次去开会，回来都会带三块糖，两块给孩子，一块给她。

他去世那天，她抱着他已经冰冷的身体恸哭，却发现，口袋里依旧装着三块水果糖。

对于徐悲鸿的去世，蒋碧微一股脑儿地把过错归咎于当年的第三者孙多慈："而他自己，更由于他的性格使然，一着错，满盘输，生活既不安定，情绪更感苦闷，于是健康的耗损，严重地戕害了他的艺术生命。时至今日，我敢于说：如果不是这场恋爱事件所导致的一连串恶果，他在艺术上的成就会更辉煌，说不定他还不至于五十八岁便百病丛生地死于北京。"

坎坷二十八年，她难忘当年冷酷到底的《分居声明》，和那个导致他发出声明的女子。

廖静文则说："为了还清她（蒋碧微）索要的画债，悲鸿当时日夜作画，他习惯站着作画，不久就高血压与肾炎并发，病危住院了，我睡在地板上照顾了他四个月才出院。"

守望七年，原配与第三者闹得都散场了，她收拾了残局，怨的自然是狮子大开口的蒋碧微。

蒋碧微眼里的徐悲鸿，"两手空空，一无所有，有的只是吃苦的毅力，忽略身边爱人而疯狂学艺，倔强，自恋，偏执"。

哪有人能随随便便成功呢？更何况一个没有家世、背景和财富的二十二岁小伙子，能够依靠的只有天赐的才华与远超常人的努力。

廖静文景仰的徐悲鸿，"他是中国如此杰出的一个人物"。

四十七岁的他早已是画坛巨擘，随随便便的一个意见，便能让十九岁的小姑娘从四十多个应试者中脱颖而出，得到梦想的工作。

褒贬之差，孰对孰错？

黑白之间，孰真孰假？

两人笔下的徐悲鸿，似乎大相径庭，其实却是不同年龄的真实人生。

蒋碧微口中的徐悲鸿，是年轻的徐悲鸿，一个未被认可的艺术家。

廖静文笔下的徐悲鸿，是晚年的徐悲鸿，一个功成名就的绘画大师。

一个二十岁的他，一个五十岁的他，无所谓对错，不过是生命的历程。如果你遇见的是二十岁的他，不幸成为他走向成熟的扶手，那么心怀怨怼也无可厚非；如果你遇见的是五十岁的他，有幸收获他智慧的积淀，那么满腔热爱也可以理解。

只是，甲之蜜糖，乙之砒霜，不要怀疑，你没见过的那个他。

爱情生来不平等。

你爱他，不畏朝云暮雨，不惧晚来风疾，甘心为他守得云开见月明，可于他，却恰是要苦苦挣脱的铁栅牢笼。

他爱你，无须你明眸善睐，不必你长袖善舞，情愿为你撑起一片艳阳天，只不过，你是他需要的那个刚刚好的人。

我们都曾是别人的蜜糖，或者砒霜。

1953年，徐悲鸿在北京病逝，口袋里揣着给廖静文和孩子的三块糖，身上带着与蒋碧微在法国生活时买下的一块怀表——这块表几乎从未离身，脚上穿的是旧货摊上买来的旧皮鞋。

蜜糖与砒霜，终极地重逢了。

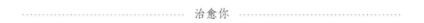

治愈你

你，美丽聪慧，努力工作，热爱家庭……

但是，那又怎么样呢？他可以说，汤做得太淡，你没给我熨平衬衫，也可以说你不爱学习了，不爱奋斗了，光指着我挣钱养家，也可以说让我去参加孩子家长会，你干吗的。

感情实在是场无法掌控的事，没有逻辑，没有规律，更没顺理成章的必然。

不用错愕不已，不过是因为她才是他的蜜糖，才是他需要的那个刚刚好的人，就像廖静文之于徐悲鸿。

李 蕙 仙：
妻 子 的 智 慧

　　当下用"林徽因的婆婆"称呼李蕙仙，恐怕比"梁启超的夫人"更著名，尤其对于文艺女青年而言。李蕙仙恐怕想不到，她的儿媳隔了一个世纪依旧是全民女神。

　　因为李蕙仙完全不是女文青，女文青们回形针一样曲折绵密的心路历程她get不到点，她是一个剑胆琴心、直来直去、利落泼辣的女人。

　　她出身名门，父亲李朝仪在道光、咸丰、同治、光绪四朝为官，最高做到顺天府尹，相当于今天的北京市长。她是父亲极其宠爱的女儿，在京城最优越的环境养尊处优当大小姐，受到最好的教育。然而，读书多不等于矫情，教育从来都让女人更洒脱，而不是憋在自己的心灵花园里出不来。

　　李蕙仙识文解字却一点都不矫情。

　　1889年，广东乡试，她的堂哥李端棻担任主考官，十七岁的梁启超是众多参考的举子之一，发榜后他名列第八，成为当时耀眼的新星。李端棻马上想到了堂妹，此时李蕙仙二十一岁，待字闺中，就由堂兄做主和梁启超订婚，两年后完婚。

婚后，京城姑娘李蕙仙在广东新会县茶坑村开始了新生活。

梁家家境贫苦，父辈教书为生，半耕半读，家里只有几间房子，南方炎热潮湿的天气和北方差异巨大，甚至南北语言都不通。可是，大家闺秀真正的可贵在于忍耐和眼力，李蕙仙毫无怨言，她学粤语，挑水，做农活，侍候只比她大两岁的梁启超的继母，婆媳关系特别融洽。她做什么都很有兴头，勤俭持家，但从嫁妆里拿钱给丈夫买书从不手软，还接济了一大帮子梁家和李家的孩子。鼎盛时期，梁家午餐就像流水席，每天十几个人吃饭，谁吃完谁先走，不够再回来继续吃。

戊戌变法失败后，梁启超只身逃亡日本。李蕙仙带着全家避难澳门，她很清楚自己的精气神会影响一家老小的情绪，从不表露半点困难，大事化小，化繁为简，举重若轻，尽力不让琐事干扰梁启超的事业。

其实，她才是梁家真正的顶梁柱，非常有分量的家庭主妇。

家庭主妇和职业女性哪个更有能耐？李蕙仙和林徽因犹如两个典型代表。

事业女性林徽因冰雪聪明，专业技能突出，但骨子里有点惧怕家庭琐事，尤其梁家七大姑八大姨特别多。可是，不喜欢不等于不用心和做不好，她拿出做学问的劲头处理家事，即便在李庄逃难，也能用建筑知识布置家庭：空间利用得体，装饰摆放美观，让儿女觉得一花一草都好看。

模范全职太太李蕙仙，大器智慧，沟通能力出色，掌管全家人财物，合理分配发放，既能张罗二十口人吃饭，也能陪伴老公孩子阔谈，上得厅堂入得厨房，怎么会不辛苦？但她有担当。

优秀的女人，在哪儿都出挑，无论家里还是家外。甚至，优秀是一种习惯和修养。大多数出色的职业女性，真让她们回家当全职太太，也能做得不错；而那些能干的全职太太，放她们出来拼职场，也差不到哪里。

最怕的是，什么都做不好，什么都拎不起来，还什么都抱怨。

通常，智商极高的天才，情商都略有点弱。天才们凭着智商就能纵横世界，用不着情商"增粉"，不用就会退化，所以情商常常在比较低的水平徘徊。

这一点，梁启超不幸躺枪。

一个爱上别的女人的男人，居然给太太李蕙仙写了这么一封真诚的信：

> 余归寓后，愈益思念蕙珍，由敬重之心生出爱恋之念来，几于不能自持。明知待人家闺秀，不应起如是念头，然不能制也。酒阑人散，终夕不能成寐，心头小鹿，忽上忽落，自顾生平二十八年，未有如此可笑之事者……
>
> 不知蕙仙闻此将笑我乎？抑恼我乎？

他甚至有把握地说，如果他提出结婚，蕙珍并不在乎名分。

嗯，李蕙仙接到这样的皮球，确实不知道该闹还是该恼，至少，她绝对不会笑。

让梁启超欲罢不能的女子叫何蕙珍，是檀香山保皇派会员的女儿，中英文和粤语俱佳。梁启超做演讲，经常引经据典、纵论古今，何蕙珍都能准确贴切地翻译，即使不懂汉语的美国人，也听得津津有味。这让梁启超刮目相看。

不仅如此，何蕙珍熟读梁启超经典，对时局政治也有自己的看法。她一点都不矫揉造作，英文报纸上有批判梁启超的文章，她也能论说透辟地回应，确实是朵解语花。当然，也是李蕙仙爱情中强有力的竞争者。

李蕙仙淡淡地回了一封信，大意是：

当下并没有限定一夫一妻，以你的地位身份，三妻四妾很正常，如果你真喜欢这女子，我告诉公公做主给你娶回来便是。如果你并不真想娶她，就别把自己弄得神魂颠倒，保重身体要紧。

这封信，口气淡然，态度坚定，策略得当。

第一，梁启超作为一夫一妻的倡导者，怎么好意思带头纳妾？

第二，纳妾一定让李蕙仙不悦，而她在梁家地位卓著，深得公婆依赖，公公必定不准，而公公是梁启超最敬怕的长辈。

第三，梁启超重视事业，全家也全力支持他的工作，为了其他女人丢魂失魄影响事业，连他自己都不能接受。

爱情，最是架不住理性的分析，一招一式拆解开来，爱情早已不是还魂丹，而是生活的零部件，总得有地方安放。

这封信，让梁启超无处安放的激情逐渐熄火。

李蕙仙很清楚，爱情里没有大度，爱你就是不允许你爱别人，就是非此即彼。帮你娶个情投意合的妾，让自己生活在寂寞和嫉妒的苦果里，算什么贤惠呢？她毫不犹豫地捍卫了自己的爱情领地和主权。

但是，在那个年代，她也很明白，种子总会发芽，动了一次心就会动第二次，与其找个对手，不如请个帮手。她拒绝梁启超娶何蕙珍之后不久，就把自己的陪嫁丫鬟来喜，后来取名王桂荃，送给梁启超做妾。

来喜与何蕙珍有天壤之别。何蕙珍和梁启超情投意合，身份般配，是李蕙仙爱情中的对手；来喜性格温厚，原本就协助李蕙仙管家，与梁启超身份地位悬殊，情爱无论如何僭越不过自己。

李蕙仙没有看错，来喜与她共同照顾梁家上下。为了顾及她的情绪，在她有生之年，来喜极少出现在公开场合；她去世后，来喜替她照料儿孙，这份隐忍和厚道，一般女人远远不及。

而生活的本事，也在于不主动把麻烦领进门——不仅要有成人之美的贤惠，更要有圆融周到的智慧。

李蕙仙到老都活得兴致勃勃。

她年过半百，还要孩子们教她英文和西方生活方式。每天在自己房间吃早餐，一般四小块面包，去掉周围的皮，喝杯牛奶。早餐结束后，休息一会儿便开始念英文了。她非常认真地高声朗读中西女中的英文课本。据儿孙辈回忆，她的发音虽然带点贵州调调，但能听出是英语，多少也能听懂些内容。英文流利的儿子、女儿、准媳妇在一旁听了总想笑，但是拼命强忍着。

不知念着贵州腔英语的李蕙仙，是否会想起多年前她教梁启超讲"普通话"的情景？

梁启超是广东人，说不好普通话常常吃亏，最大的一个亏是戊戌变法后吃到的。当时他名震京城，光绪特别想重用他。但召见时间有限，他的粤语让光绪听得一头雾水，光绪的官话在他听来也是模棱两可。两个彼此想靠近的人都被对方烫到了，皇帝渐渐心烦，勉强赏了他一个六品小官。

梁启超懊恼极了，大事将成却败在方言这个小节上。京城长大的李蕙仙立刻收了这个徒弟，每天专职家教、耐心陪练。没多久，徒弟就能用普通话和别人交流了。

这难道不是夫妻之间最美好的共同语言吗？天地之间，晨昏之下，清风之中，你依我侬，生活都成了秀恩爱的背景板。

李蕙仙陪伴梁启超三十三年，五十五岁因乳腺癌去世。

梁启超悲恸不已，写下多篇悼念文章。在《祭梁夫人文》中他说："我德有阙，君实匡之；我生多难，君扶将之；我有疑事，君权君商……今我失君，只影彷徨。"

他写了《亡妻李夫人葬毕告墓文》，自诩是凝聚了一生才情的文章，命梁思成、林徽因熟读背诵。

.... 治愈你 ....

好妻子，往往身兼多职：亦妻、亦友、亦师、亦姐、亦母。

一辈子，女人有多种情绪：爱恋、彷徨、寂寞、坚强、嫉妒、平和、恼怒、大度，李蕙仙的难得在于，这些复杂的切换，她全都HOLD住了。

既有大场面的智慧，也有生活细微处的聪明。

王桂荃：
女人还有一个名字叫"母亲"

她没有大名，就叫来喜，王桂荃这个名字还是丈夫后来起的。她是梁启超第二位夫人，林徽因真正相处过的"婆婆"。

来喜的家乡在四川广元，幼年悲苦，家里靠父亲耕种几亩薄田勉强度日，母亲在她很小的时候去世，继母相信算命先生的胡诌，觉得她命硬克父母，总是虐待。四岁时来喜的父亲不幸暴病身亡，彻底失去保护的小女孩被人贩子六年间转卖四次，最后卖到李蕙仙娘家。李夫人回家探亲，见她聪明伶俐又很勤快，就把她带到梁家做丫鬟。

这段经历是梁思成的口述，《新会梁氏：梁启超家族的文化史》有记载。

是什么原因让李蕙仙把来喜送给梁启超做妾呢？

因为梁启超爱上了华侨小姐何蕙珍，李蕙仙不许何蕙珍进门，但总要有所补偿。梁家人口众多家事繁杂也需要帮手，谁能比从娘家带来的自己人更贴心呢？于是，1903年，来喜十八岁时在李蕙仙的主张下和梁启超结了婚。推算起来，她比梁启超小十二岁，比李蕙仙小十六岁。

独立自主的新女性一定看不上这样的经历，她们觉得大太太心机深，找个永远越不过自己的替代品来拴住老公；二太太没骨气，为什么不追求真爱却要做别人的替代品？

可是，换位思考是女人特别可贵的品质：不自以为是，不仅仅从自己的角度看生活，而能设身处地为他人着想，即便不赞同，也愿意体会别人的难处。

一百年前，来喜这样出身的女孩估计只能嫁给隔壁村老王——守着一个老王，看着两头牛，生几个孩子。这果真是她最好的归宿吗？李蕙仙的安排即便有利己的考虑，但谁说不是给来喜一个踏实稳定的未来呢？在那个年代，这难道不是难得的两全吗？

读历史，如果全部用现代人的角度和观点，是没法看的。

为了区分，梁家的孩子叫大太太李蕙仙"妈妈"，叫来喜"娘"。

李蕙仙是梁思顺、梁思成、梁思庄三个子女的生母，来喜则是梁思永、梁思忠、梁思达、梁思懿、梁思宁、梁思礼六个孩子的母亲。无论是否亲生，"娘"对每个孩子一视同仁地爱。看梁家子女回忆录，最让人动容的，就是对"娘"的温情。

有一次，思成因为考试成绩不如弟弟思永挨了李夫人一顿暴打，他说："事后娘搂着我温和地说：'成龙上天，成蛇钻草，你看哪样好？不怕笨，就怕懒。人家学一遍，我学十遍。马马虎虎不刻苦读书，将来一事无成。看你爹很有学问，还不停地读书。'她这些朴素的语言我记了一辈子，从那以后我再也不敢马马虎虎了。"

他还讲到"娘"在这个家里的不容易："我妈对用人很苛刻，

动不动就打骂罚跪，娘总是小心翼翼地周旋其间，实在不行了，就偷偷告诉我爹，让他出来说情。而她自己对我妈和我爹的照顾也是无微不至，对我妈更是处处委曲求全。她是一个头脑清醒、有见地、有才能，既富有感情又十分理智的善良的人。"

有人说，新女性为自己而活，旧女性为别人而生。

林徽因是新女性的标本，向往独立自由，活得恣情盎然，但是，这不代表她完全不考虑别人。她在林家是长姐，照顾林燕玉、林桓、林恒、林暄、林煊这些弟弟妹妹，并且感情很好；在梁家是长嫂，来往应对；在学生中是师长，接济后辈。即便也吐槽也抱怨，但责任心让她总体做得相当不错。

来喜是传统女性的样板，一辈子围着老公孩子转，但是，这也不代表她没有自我、趣味和眼界。她七十多岁还能兴致勃勃地从北京只身去杭州旅行，她读书看报听广播，对国家大事知道得一清二楚，晚年依旧可以和子女自由交谈、议论，一点都不落伍。

通达的女人，无论新女性还是旧女性，怎样都过得好。

她们摆得正位置，明白自己想要什么，懂得在家庭与事业、自我与他人之间取舍。旧女性并不是过得没有自己，新女性也不是活得不管别人，她们明白取长补短、各有侧重，不强求自己什么都有。

女人最怕的是，什么都想要，却什么都不愿意做，所以，什么都得不到。

林徽因飞扬的性格，爱她的人有多少，恼她的人也有多少。

而王桂荃，在庞杂的大家族里几乎没有人说她不好，她是凝聚全家感情的核心，这才是她的大爱与可贵。

王桂荃对李蕙仙的孩子视如己出，尤其对并非亲生的梁思庄。

梁思庄从小胆小，总是牵着"娘"的衣角走路，洗澡一定要"娘"给洗，不然就宁愿脏着。十岁染上白喉，住院时"娘"在身边日夜守着，担心女儿怕疼撒娇没人顾，小姑娘嗓子发炎严重，对着"娘"大叫："娘啊，嗓子疼，我要死啦，快叫爹爹来吧！"

"娘"看在眼里，疼在心里，但她明白，"爹爹"来了又能怎样？传染病接触的人越少越好。她护理梁家所有患病的孩子，包括自己不到十岁的亲生女儿。由于体质和病情不同，十岁的梁思庄活了下来，王桂荃九岁的亲生女儿，却病逝了。

这是她人生巨大的刺激，她躲在厕所里流了很多眼泪，却依旧每天承担大量家务，甚至，更加疼爱梁思庄这个和她母女缘深的孩子。

梁思庄在广州生女儿时难产，生死难料，王桂荃急火攻心，从天津冒着三伏的酷热，只身坐火车到广州守护，等了十几个小时，直到医生用产钳夹出小外孙女吴荔明。

吴荔明后来是北京大学城市与环境科学系教授，她在回忆录《梁启超和他的儿女们》中说道："一直到很大时，才知道外婆原来并不是亲生外婆。"

她记得，当年每天下午4点，外婆都到天津培植小学门口接自己，买块冰砖，祖孙俩边走边聊天；战争时逃难，外婆细心地打了个金一字架挂在外孙女胸前，叮嘱无论戴着多不舒服都不要让别人知道；送别时候，妈妈泪流满面，外婆忍着不哭，满脸离愁却硬撑着坚强，火车开动之后，外婆瘦小的身影越来越远。

这样一个旧式女子，怎么可能不让人爱？

大太太李蕙仙性格要强，所以，原配在世时，梁启超很少在公开场合提到王桂荃，他在家信中称她"王姑娘"或"王姨"。但他说王夫人"是我们家极重要的人物"。这种重要，或许来自她多重的身份，她既是孩子们的"娘"，又是梁氏夫妇的用人——按照传统伦理，她不过是丫鬟收房做了妾。

　　但梁家是个非常现代的家庭，梁启超也不是传统的"老爷"，这使王桂荃成为丈夫的伴侣和助手。平时，她帮助李蕙仙料理家务，梁启超出门在外，她随行打理生活。

　　1929年，梁启超去世，家里的主要经济来源中断。儿女们大多还在读书，经济尚未独立，最小的儿子梁思礼才五岁。这个神奇的女人把九个子女的大家庭承担下来，继续帮助儿女完成学业，想方设法送梁思礼去美国深造。

　　梁家是近代历史上名副其实的"精英"家庭，一门三院士，九子皆才俊：

　　　　长女思顺，诗词研究专家，曾任中央文史馆馆长；

　　　　长子思成，著名建筑学家、中科院院士；

　　　　次子思永，著名考古学家、中央研究院院士；

　　　　三子思忠，西点军校毕业，参与淞沪抗战，25岁英年早逝；

　　　　次女思庄，著名图书馆学家；

　　　　四子思达，著名经济学家；

　　　　三女思懿，曾任中国红十字会对外联络部主任；

四女思宁，早年就读南开大学，后参加革命，跟随陈毅；

五子思礼，火箭控制系统专家、中科院院士。

以上，还不包括出色的女婿和儿媳，以及孙子辈。

在二十世纪的中国，梁家的整体成就几乎绝无仅有，他们代表的"精英"，并不是财富与阶层的傲慢，知识、教养、胸怀、贡献构筑了真正的"精英"。

精英家庭，不仅与梁启超对子女的言传身教密不可分，也与决定了家庭氛围的主妇息息相关，谁说看上去默默无闻的王桂荃不是成就巨大的女性呢？

孙子辈说，从未看见她有发愁的时候，她总是勇敢地迎接生活的磨难和考验。可她的最后一个考验，竟然是在特殊年代。那时，她八十五岁，已到肠癌晚期。但作为"保皇党梁启超的老婆"，她的全部财产被抄尽，住房被侵占，驱赶在阴暗的小屋，每天出来扫街，没有医护，只有谩骂和折磨。

1968年，她孤零零离开了人间，连骨灰都不知道在哪里。走时，她照顾了一生的九个儿女没有一个在身边，她没有看到任何一个孩子最后一眼。不是子女不孝，而是他们全部被打成了"反革命"和"反动学术权威"，无一幸免。

甚至，梁家的长女梁思顺，在被多次毒打后，早于继母两年，1966年，同样孤独地死在自己的家里。

时光走到1995年4月23日上午。

梁家人聚集在梁启超夫妇墓，种下一棵白皮松，由清华大学建筑系王丽方博士设计了说明碑，林徽因的女儿梁再冰撰写碑文：

在家庭中，她毕生不辞辛劳，体恤他人，牺牲自我，默默奉献；

挚爱儿女且教之有方，无论梁氏生前身后，均为抚育子女成长付出心血，其贡献于梁氏善教好学之家良多。

缅怀音容，愿夫人精神风貌长留此园，与树同在，待到枝繁叶茂之日，后人见树，如见其人。

这棵树叫"母亲树"，是子女对王桂荃永远的缅怀。

有些幸福和认同，只是迟到，并不会缺席。

. . . . 治愈你 . . . .

我们常常在冰冷的世界中怀疑温暖与善良的价值，斟酌对别人应该付出几分真情才不会吃亏，试探他人的友善里有几多真诚，仿佛感情也是一场博弈，以小博大才算赢家。实际上，只有和煦才能融化冰寒，只有付出才能得到认同，大爱并不是算计，付出的过程本身就是释放与满足。

只是，自私的人永远体会不到。

王桂荃这样真性情的女人特别可贵的地方在于，她们愿意率先付出真心真意，并不试探计较世界的反馈。

世界很大，心胸窄了确实装不下。

佘 爱 珍：

她 利 落 收 拾 了 渣 男

张爱玲搞不定的胡兰成，究竟被谁收拾了呢？

这个牛掰的女人叫佘爱珍，和文艺女青年完全是两个物种。如果张爱玲的人生是一本文采斐然的《孽海花》，佘爱珍的生活就是一部黑帮枪战电影《上海滩》，一个是文戏，一个是武戏。

佘爱珍五十岁时嫁给四十九岁的胡兰成。她是他最后一个女人和明媒正娶的妻子，他是她第三任丈夫，她对他说："你有你的地位，我也有我的地位，两人仍旧只当是姊弟吧。"

通俗的睿智。

佘爱珍的父亲佘铭三做茶叶生意，也经营一些火腿、鸡翅等小商品，虽然生意不起眼，但是他头脑灵活，黑白两道都吃得开，家境非常富裕。佘爱珍的母亲是第三个姨太太，因为生得美，她和母亲都很受宠，恃宠而骄，她从小就很跋扈。

她十五岁和一个姓吴的富二代谈恋爱，不小心怀孕，对方说只是"玩玩而已"。呵呵，文艺女青年听到这话，估计得流两缸眼泪，葬一筐鲜花。可是，佘爱珍是美女流氓，盛怒之下，她拒绝了父亲送她到国外的建议，一次次跑到吴家，软硬兼施，破口大骂，以死威胁。结果逼婚成功，成了吴家少奶奶。

有了婚姻未必有爱情，何况丈夫本身就是花心小开，他热衷跳舞喝酒，交各种各样的女朋友，对妻子儿子不闻不问，佘爱珍最心爱的儿子九岁得了猩红热，不幸夭折。

儿子的死，终结了这段生活。她痛悔交加，带着平时积攒的体己，离开了吴家。

佘爱珍很犟，她没有哭哭啼啼回娘家，开始自寻活路，甚至为了谋生，她去赌场做了摇缸女郎。

这是一个惊世骇俗的职业，行当里的女人在上海滩被叫作"女流氓"，不仅要人美，而且要泼辣、利落、聪慧，气场全开。耐人寻味的是，佘爱珍干一行火一行。她有点像《龙门客栈》里的金镶玉，或者《迈阿密风云》里巩俐饰演的伊莎贝拉，这个职业完全释放了她真实的自我，既能放下身段和赌客们嬉笑怒骂，气质里又透着凛然不可冒犯的大家威严，立即红遍上海滩。

佘爱珍出挑的"大姐头"气质引起流氓教主季云卿的注意，两个不同性别的另类枭雄惺惺相惜。季云卿收她做了干女儿，并且把她许配给保镖兼司机吴四宝。

吴四宝大字不认识几个，他来自江苏农村，做事狠辣，黑道资源丰富，唯独缺少智慧。但佘爱珍不介意，她耸耸肩膀说："我就喜欢吴四宝这样的人，他勇敢顽强，跟着他，还能坐上轿车，住上洋楼。"

有脑有狠的佘爱珍从此成为吴四宝的左膀右臂。她运筹帷幄，举重若轻，老到地把丈夫推荐到汪伪政权的特务机构七十六号，担任总部警卫总队副队长。从此，她在上海滩风头无两，无论是七十六号的队长、处长、课长，还是沪杭宁一带军队的司令，见了她都得恭恭敬敬地叫上一声"大嫂"或者"大阿姐"。

　　这段时间，有两件事情惹得大阿姐极度不快，一是斗小三，二是没处做头发。

　　吴四宝的相好是丽都舞厅的当红舞女马三媛，他在极司菲尔路安乐坊对面五十五号附近给马三媛租了房子，正式养起外室。天下没有不透风的墙，佘爱珍很快知道了消息，她带着一帮人闯进马三媛的屋子，以迅雷不及掩耳之势抓破情敌的脸，展示了一个正室相当不讲情面但毋庸置疑的超能量。

　　马三媛被深深震撼，觉得跟着吴四宝继续做侧室机会成本太高，聪明地逃走；吴四宝见事情败露，想到佘爱珍的能力和威力，立即叩首道歉，从此不敢再和其他女人有染。

　　佘爱珍上了报纸头条。

　　佘爱珍居住的惠园路附近没有高级美发师，每次都要到百乐门去做头发。那儿是英法租界，舞场和发廊都比惠园路高档，只是每次都要被巡捕盘问，不仅汽车不让开进去，就连枪支也要上缴。

　　大姐大佘爱珍恼了，她斟酌利弊，打算碰碰这块硬骨头。于是，又一次经过路口时，她命令司机硬闯。巡捕立刻制止，佘爱珍的司机和保镖对着他们一阵扫射，巡捕死伤大半。巡捕房也恼了，火速派人增援，对着佘爱珍的福特轿车猛烈回击。轿车被打得像马蜂窝，司机和保镖中弹身亡，佘爱珍在后座紧缩成一团，居然毫发未伤。

这件事至少可以看出，佘爱珍根本不怕死。

连死都不怕的女人，还有什么难得倒她？所以，当年胡兰成是壮了怎样的胆，才敢上前招惹并示爱佘爱珍。

有文字可查的资料，胡兰成和八个女人相好过，其中包括张爱玲。

第一个是发妻唐玉凤，家里定的亲，她死得早，没有机会看见丈夫后面的七个女人；第二个全慧文，是名教师，给他生了四个孩子；第三个应英娣，是胡兰成从舞厅领回的妓女；第四个是张爱玲；第五个，护士小周，几乎与张爱玲同时；第六个，范秀美；第七个，日本女人一枝；第八个，佘爱珍。

这是他文章中提到过的，据说没有文字记载的，还有更多。胡兰成有一项大本事，既花女人钱，又负女人心，还能让每一个被他花了钱、负了心的女人没什么怨悔——除了他的终结者佘爱珍。

佘爱珍很清楚，这个男人的感情不过是为了套现，所以才在吴四宝死后，格外亲近自己。于是，她的眼光直接越过胡兰成的才华，掂量清楚他的家底：刚被汪精卫免职丢官，连座洋楼都没有；男文人手无缚鸡之力，满肚子穷酸还不会挣钱。这完全不符合佘爱珍的钢铁信条：在结婚前，坚决不对男人进行过多的金钱投资，以免今后被抛弃，还要遭受贫穷的折磨。

胡兰成在香港逃难期间，没有去日本的路费，想找佘爱珍借，又抹不开所谓知识分子的面子，于是拿了件大衣试探佘爱珍，让佘爱珍帮自己卖大衣作为去日本的路费。佘爱珍何其聪明，哪里会不明白胡兰成的意思？甚至，他们还有过第一次亲密。胡兰成写道："在旅馆房里，先是两人坐着说话，真真是久违了，我不禁执她的手，蹲下身去，脸贴在她膝上。"

但是，胡兰成一说借钱，佘爱珍立刻哭穷，说自己不比从前，拿出二百块钱打发了他。

好在，天无绝人之路。刚刚得到两笔电影剧本稿酬的张爱玲，给胡兰成汇来三十万分手费。他本来打算灰溜溜地拿着二百块钱走人，没承想却从天上掉下三十万，他犹如神助，立即去了日本。

后来，佘爱珍嫁给胡兰成。夫妻闲聊时，她夸口自己在香港的风光，一个月伙食费就好几千块。胡兰成听了很不爽："你那么有钱，为什么就给了我二百块呢？"

佘爱珍不接话。生活的真理是：你不给他台阶，他就得自己搬梯子，不然就摔得很惨。胡兰成麻利地给自己找了台阶，在《今生今世》里自我安慰："钱是小事，她不了解我，从来亦没有看重过我，她这样地对我无心，焉知倒是与我成了夫妻，后来我心境平和了，觉得夫妇姻缘只是无心的会意一笑，这原来也非常好。"

张爱玲花了三十万，也未必落得这句"非常好"。

可见，一个女人花了钱，付了情，真的未必讨得个"好"字，关键是她"拎得清"。

所以，女人，请珍惜自己的感情，也珍惜自己的钱。

胡兰成和佘爱珍都是现实的人，这个巨大的共同点让他们走到了一起。

他的才华对她来说有点像贵重的摆设，平时没啥用，也未必喜欢，但知道是个风雅的东西，能给脸上增点光；他追求她，甚至明白她看不大起自己，却依旧娶她，则是因为她务实、麻利、能干而独立。他骗不了她，甚至只有和她在一起，他才有真正活着的安全感。佘爱珍就像一件睡衣，未必好看，但和张爱玲这样的礼服相比，这才是真正的生活必需品。

曾经在花丛中游刃有余的胡兰成，对佘爱珍服服帖帖，夸她"如花似玉"，把她褒扬为"白蛇娘娘"——长挑身材，雪白肌肤，面若银盆，但轮廓线条又笔笔分明；三十八岁时看上去只有二十八岁，不喜欢搽口红；夏天只穿玄色香云纱旗袍或是淡青灰，上襟角戴一环茉莉花。

我的天，胡才子何尝用这样谄媚的口气夸过文艺女青年张爱玲，他始终觉得自己和张爱玲在才华上是平等的，她是他炫耀的利器。可是，他却对佘爱珍敬怕三分，有一次，他故意逗佘爱珍，说："我和张爱玲好了，你怎么办？"

佘爱珍不以为意地笑笑，答："我们就再见呗。"

只有对婚姻极度自信的女人才会这么说。于是，是女流氓佘爱珍成了胡兰成的情感终结者，而不是文艺女青年张爱玲。

侯孝贤曾经说过："女的我最爱《今生今世》里的佘爱珍，就是吴四宝的太太，她的行事风格，简直是又繁复，又华丽，又大方，又世故。"

敏锐的导演一语中的。佘爱珍这样在爱情上无比精明的女人，让凶恶的前夫恭敬有加，花心的后夫从此再未有过绯闻，即便如此，她还是淡淡地说："穿破十条裙，不知丈夫心。"

到了一定年龄，男女都已经相当现实，他们并不全为了爱，而是因为有了彼此就能搞定生活。所以，别用我们自己以为的偏见轻易评价别人的婚姻状况，幸福哪是一眼就能望到底的呢？

俞 蓉 儿 和 福 基：
他 人 是 过 客 ， 自 己 是 故 乡

1918年春天，一个叫福基的日本女子寻遍杭州，在虎跑寺找到出家的丈夫，这是两人相识的第十一年。这位曾经的丈夫连寺门都没有让妻子进，福基无奈对着关闭的大门悲伤责问："慈悲对世人，为何独独伤我？"

她知道早已挽不回丈夫的心，便要求与他见最后一面，妻子说："叔同。"

曾经的丈夫答："请叫我弘一。"

妻子问："弘一法师，请告诉我什么是爱？"

曾经的丈夫答："爱，就是慈悲。"

这位慈悲的丈夫在出家前曾预留了三个月薪水，分为三份，其中一份连同自剪下的一缕胡须托老友转交日籍妻子，并拜托朋友把她送回日本。

从此，世间少了"李叔同"，晚清吏部主事、天津巨富李筱楼的第三个儿子，著名音乐家、美术教育家、书法家和戏剧家，多了"弘一法师"。李叔同曾经在俗世热络地生活，才华超人而跨界：音乐

方面，他是作词、作曲大家，主编了中国第一本音乐期刊《音乐小杂志》，也是国内第一个用五线谱的作曲家；绘画方面，是中国现代版画艺术创始人，撰写《西洋美术史》《欧洲文学之概观》《石膏模型用法》等著述；书法方面，他是书画大家，鲁迅、郭沫若都为求得他的一幅墨宝而欣喜万分；诗词与篆刻也独树一帜，甚至，他还是中国话剧创始人之一，开先河地男扮女装演出了话剧《茶花女》。

据说，李叔同在出家前曾给日本妻子写了一封信：

关于我决定出家之事，在身边一切事务上我已向相关之人交代清楚。上回与你谈过，想必你已了解我出家一事，是早晚的问题罢了。经过了一段时间的思索，你是否能理解我的决定了呢？若你已同意我这么做，请来信告诉我，你的决定于我十分重要。

对你来讲硬是要接受失去一个与你关系至深之人的痛苦与绝望，这样的心情我了解。但你是不平凡的，请吞下这苦酒，然后撑着去过日子吧，我想你的体内住着的不是一个庸俗、怯懦的灵魂。愿佛力加被，能助你度过这段难挨的日子。

做这样的决定，非我寡情薄义，为了那更永远、更艰难的佛道历程，我必须放下一切。我放下了你，也放下了在世间累积的声名与财富。这些都是过眼云烟，不值得留恋的。

我们要建立的是未来光华的佛国，在西天无极乐土，我们再相逢吧。

为了不增加你的痛苦，我将不再回上海去了。我们那个家里的一切，全数由你支配，并作为纪念。人生短暂数十载，大限总是要来，如今不过是将它提前罢了，我们是早晚要分别的，愿你能看破。

在佛前，我祈祷佛光加持你。望你珍重，念佛的洪名。

叔同

戊午七月一日

一个男人，中年信仰改变，该如何安置前半生的家人，确实是棘手的问题。

年少时，我特别欣赏男人飞扬的才华与桀骜的个性。

中年时，我特别在意男人笃定的责任和坚守的义气。

才华与个性都有锋芒，倘若没有责任与义气的牵拉，总是伤着身边人。

从这封信里，你读出了"慈悲"吗？或许，字里行间去意已定的"决绝"，要超过"慈悲"。没有商量，只是把自己的决定告知妻子，无论她接纳或者反对，都无法更改他钢铁的意志。

这位日本妻子，有人说叫"枝子"，也有人说叫"诚子"，据李叔同的孙女李莉娟回忆："具体叫什么还真的不确切，也曾到日本找过，却未找到，但是，（祖父）日记中多次提到'福基'这个人，每当提及，讲到的事件都是私人问题，比如给自己送棉被之类私房话。"

于是，大家揣测，"福基"可能就是他日籍夫人的名字。

关于和福基分别的场景，李叔同的同学黄炎培曾在《我也来谈谈李叔同先生》一文中写道："船开行了，叔同从不一回头，但见一桨一桨荡向湖心，直到连人带船一齐埋没湖云深处，什么都不见，叔同最后依然不一顾，叔同夫人大哭而归。"

男人看女人的难过，不过是"大哭"，不知"大哭"时，五脏六腑已碎过几次，这位连确切名字都没有留下的"叔同夫人"，可能真的如同大师诗歌所写：

> 人生难得是欢聚，唯有别离多；问君此去几时还，来时莫徘徊。

福基并不是唯一伤心的女子，李叔同的原配俞氏，俞蓉儿，李叔同的二哥让她去寺院寻丈夫回来，她平静地说："我不去，因为他是不回来的。"

旧时女子，很难活得像她那么清醒明白，她早已习惯了婚姻中等待和失望的交替循环。李叔同年少风流，爱上名伶杨翠喜，他以非凡才华辅导杨翠喜，助她扬名，但名气大了追捧者众多，其中不乏公子王孙，李叔同离开天津到上海办事，杨翠喜即被买走，做了载振小王爷的侍妾。

初恋失恋，心碎不已。母亲王氏为了抚慰儿子情感失意，匆匆为他定下茶商的女儿俞蓉儿，两家门当户对，是旧时的好姻缘。只是，旧时最被家长喜欢的媳妇往往出身富裕、举止端庄、贤惠恭顺，可这并不是男人在年轻时看重的品质，他们更憧憬激荡的爱情，这样的妻子本分有余灵动不足，难以钟情，于是他们既维系了原配的法定地位，也不耽误爱情在别处栖息，李叔同、鲁迅、郭沫若、张恨水等人都是如此。

俞蓉儿空有原配的名分，一生却与李叔同四度别离。

第一次别离，是李叔同去日本留学。

李叔同的母亲王氏，十九岁被他六十七岁的父亲纳妾，在大家族中毫无地位，李叔同格外心疼母亲，母亲是他前半生最重要的情感寄托。俞蓉儿深深懂得丈夫的心思，恪守本分勤俭持家，替他周到照顾母亲。

李叔同和那个年代的名士一样，与名妓唱和风流，上海名妓李苹香、谢秋云都与他有情事，但是，出于对母亲王氏的尊重，一直保持家庭平静。俞蓉儿从不干涉丈夫的私情，她总觉得，丈夫依旧愿意回家就是最大的尊重和温情，但这一点温情很快被婆婆的去世打碎。

母亲去世后，李叔同心灰意冷，将俞蓉儿和两个儿子托付给天津老宅的二哥照料，远走日本留学。

俞蓉儿开始第一轮等待。

第二次别离，是李叔同病愈再去日本。

李叔同在日本得了肺病，回天津养病。独自在日本太久，老宅的热闹和亲情让他体会到不同的温暖。病中人心境萧索，尤其需要家庭的暖意慰藉，这段时间成为俞蓉儿一生最幸福的时光——丈夫回归，身边也没有那么多红颜知己，即便是个病人需要殷切照料，但生活终归有了盼头。

她竭尽全力照顾丈夫，希望用大家庭的亲情留住他，没想到，丈夫痊愈时，也是夫妻分别时。李叔同觉得老宅有太多母亲的记忆，让他心痛难过，病愈后，不顾俞蓉儿反对，再次去了日本。

俞蓉儿的第二轮等待开始。

第三次别离，是李叔同带回日本夫人福基。

六年后，李叔同从日本回到天津，俞蓉儿满心欢喜，以她的理解，男人青年时求学、贪玩、风流都是常事，只要愿意回家，夫妻关系就总有转圜时。可是，这一次，李叔同带回了日本妻子福基，福基同样痴情，不惜背井离乡万里追随。两人在日本举行婚礼，福基也有了妻子的名分。

李叔同很少回天津老宅，他和福基恩爱相伴，可能想象不到俞蓉儿的艰辛。她带着孩子独守空房，由李叔同的二哥供养，虽然衣食不愁，但终究寄人篱下，丈夫不管不顾，谁问过她心里的落寞、寂寥、自卑和忧愁呢？

她是个存在感太弱的女人，即便如此，也察觉自己的等待似乎永无尽头。

第四次别离，是俞蓉儿去世。

1922年正月，俞蓉儿在未歇的新年爆竹声中离世，四十五岁，并不算太大的年纪。家族认为她一生安分克己，又生育了儿子，李叔同应该回家送俗世的妻子最后一程。报丧的书信传到杭州，李叔同，此时应该是弘一法师，正在庆福寺编著《四分律比丘戒相表记》。于情于理，他都该给俞蓉儿一个交代，即便这个形象在他心里非常模糊。无常的是，那时赶上京绥铁路工人大罢工，杭州到天津的交通被阻断，弘一法师无法成行，只得继续编写佛学著作。

俞蓉儿凄凉入土，独居一穴。

1942年10月，弘一法师自觉身体发热，减少食量，进而断食，并谢绝医疗探问，一心念佛。他对随侍的妙莲法师说："你在为我助念时，看到我眼里流泪，这不是留恋人间，或者挂念亲人，而是在回忆我一生的憾事。"

他特别叮嘱："当我呼吸停止时，要待热度散尽，再送去火化，身上就穿这破旧的短衣，因为我福气不够。身体停龛时，要用四只小碗填龛四脚，再盛满水，以免蚂蚁爬上来，这样也可在焚化时免得损伤蚂蚁。"

10月10日下午，他留下四个字：悲欣交集。这是他最后的遗墨。

10月13日，弘一法师往生西方，从三十九岁入佛门，到六十二岁圆寂，二十三年已经过去。

他究竟是多情还是无情？不忍伤蚂蚁，却客观上伤害了两个女人的一生。

多情的人未必处处多情，他们得把所有感情积聚起来才能猛烈释放于个别人和个别事，就像太阳的光芒，阳光下温暖怡人，阴影里寒气彻骨，就看你站在哪个位置。

张爱玲说："不要认为我是个高傲的人，我从来不是的，至少在弘一法师寺院围墙外面，我是如此谦恭。"

林语堂说："李叔同是我们时代最有才华的几位天才之一，也是最奇特的一个人，最遗世独立的一个人。"

而伟人的传奇，往往是常人的心酸铺就。

生命原本赤条条，来去无牵挂，可是，那些我们自己请进来的人、事、物，总要有个安顿，送他们回归原处。进退唯我，任其自生自灭，纵然再有禅意，当真是有情吗？

能始终独善其身的男人，就像能永远穿进小号礼服的女人一样，心里都有几分决绝的"狠劲"。不同的是，男人狠的对象是身边人，清除闲杂人等，才能还自己一个清静世界，可是，其间几多误伤和重手，很难算清；女人狠的对象是她自己，她对自己下了狠手，才斩得断心底无望的期盼和软糯的幻想，变成她原本并不想成为的那个收放自如的人。

或许，弘一法师以决绝为刀，斩断过往，将世界劈裂成从前的红尘和今后的慈悲天地。

而慈悲，也是一种选择，总是对此方残酷，才能对彼方仁厚。

长亭外，古道边，芳草碧连天。

晚风拂柳笛声残，夕阳山外山。

天之涯，地之角，知交半零落。

人生难得是欢聚，唯有别离多。

一壶浊酒尽余欢，今宵别梦寒。

——李叔同《送别》

有读者问我：找个什么样的男人最省心？

可什么是省心呢？多情的男人有多情的麻烦，无情的男人有无情的痛苦，事业心强的未必顾家，顾家的未必事业出色，所有优点和缺点都是双刃剑。如果女人一辈子把希望全都寄托在男人身上，十有八九是失望，因为他不可能活成你希望的样子，人生太长，他的变数太大。

我是弘一法师的"粉丝"，花那么多时间写这篇文章绝不是为了黑他，而是，从他和两位妻子的关系，或许你能看出，对于男人，他自己和自己的信仰才是故乡，其他人都是过客；而对于女人，总是把男人和别人当成故乡，而弄丢了自己。

金岳霖是否
一辈子只爱林徽因

思考很久，我把这篇文章作为《灵魂有香气的女子》这本书的结尾，依旧不准备对你讲童话。

少女时代，我曾经觉得金岳霖是这个世界上最痴情的男人，并且深深被一些故事打动：

1931年，林徽因哭丧着脸对梁思成说，自己苦恼极了，因为同时爱上两个人不知道该怎么办。另外那个人是谁呢？当然是民国情圣老金咯——通常知音体还会很体贴地加上一句，她坦诚得如同小妹请求兄长指点迷津一般——梁思成虽然矛盾痛苦至极，但苦思一夜，比较了金岳霖优于自己的地方，他贴心地告诉妻子：她是自由的，如果她选择金岳霖，祝他们永远幸福。

林徽因又原原本本把这一切告诉了金岳霖，金岳霖的回答更震撼："看来思成是真正爱你的，我不能去伤害一个真正爱你的人，我应该退出。"

于是，他们三人毫无芥蒂，幸福地生活在一起，金岳霖仍旧与梁家毗邻而居，相互间更加信任，甚至梁思成和林徽因吵架，也是找理性冷静的金岳霖仲裁。

实际上，这个故事get到女人的痛点是：两个优质男无条件地爱我，还想选谁就选谁，还不要对那个不选的负责任，你确定这不是做梦？

女人的爱情观很粗暴，向往爱人对自己一见钟情从一而终，同时也渴望千年备胎对自己一见钟情从一而终。

第二个故事群：

林徽因去世若干年后，金岳霖忽然没来由地请客吃饭，等客到齐，半晌，自语一句："今天是她的生日！"接受记者采访，问起他和林徽因的故事三缄其口，因为"我所有的话，都应同她自己说，我不能说。我没有机会同她自己说的话，我不愿意说，也不愿意有这种话"；看到一张从未见过的林徽因的照片，孩子一般要求："送给我吧！"

比起林徽因去世七年后再婚的梁思成，金岳霖的柔情与专一似乎更加难能可贵，这些故事打动女人的地方在于：太吻合一生只爱一个人的爱情期待，最让女人心心念念的爱情是什么样子的呢——你鲜衣怒马功成名就，对于爱情和女人的选择空间巨大，但你偏不，你死乞白赖地只爱我一个。

后来，当我阅读了很多传记和史料，才发现第一个故事出自梁思成后妻林洙的叙述，第二个故事群是各种资料的拼接，语境并不清晰。

林徽因1955年去世，梁思成1972年去世，金岳霖1984年去世，林洙那本《梁思成、林徽因与我》2011年出版，这些被传得起劲的故事，并没有得到过三个当事人的证实。

所谓的历史和真相，往往掌握在长寿的人手中，作古的人哪里有机会为自己澄清呢？

女人太喜欢根据自己的想象塑造一个男人，把所有幻想中的优点都往他身上添加，制造一个人类楷模：高大英俊、浪漫多金、智慧威武，最关键的是：永远、永远只爱她一个。

究竟有没有一辈子只爱一个女人的男人？

有啊。

但大多有两个前提：第一，他见的女人足够少；第二，他活得不够长。

只有见的女人少，才能没有比较，没有比较才会死心塌地。

只有活得没有长到相看两平凡，才能保证爱情的元气始终聚集在同一个人身上，不然，人生太长，变数太大，人都怕寂寞。你看齐白石，九十三岁还闹着要娶二十二岁的姑娘，只是没来得及办婚礼，老人家仙逝了。

真正痴情并且自控的男女都不多，所以，才有了婚姻，用制度把爱情转化成亲情，用制度保护家庭财产——是的，婚姻保护的是财产和社会关系，而不是爱情，这个冷冰冰的答案难免让爱幻想的女人们有点情绪低落。

难道金岳霖一辈子只爱过林徽因？

怎么可能啊。

传说中的"情圣"，曾经有过最时髦的同居历史。

1924年，金岳霖在法国留学，和美国人丽琳·泰勒女士恋爱。1925

年11月，丽琳随他一起来到中国。丽琳是当时的先锋类女生，她特别想体验"中国的家庭生活"，她倡导不结婚，愿意以同居的形式感受中国家庭内部的生活和爱情，她和金岳霖一起住在北京。

徐志摩曾经描绘这对情侣刚搬到北京的样子："他们的打扮十分不古典：老金簇着一头乱发，板着一张五天不洗的丑脸，穿着比俄国叫花子更褴褛的洋装，蹩着一双脚；丽琳小姐更好了，头发比他的矗得还高，脑子比他的更黑，穿着一件大得不可开交的古货杏黄花缎的老羊皮袍，那是老金的祖老太爷的，拖着一双破烂得像烂香蕉皮的皮鞋。"

是不是很生动？是不是比传说中那个单一的情圣更像一个"人"？

这才是"天真汉"中国哲学第一人金岳霖真正的样子，他到老都是个老顽童啊。

现代语言学之父赵元任和他著名的妇产专家妻子杨步伟是这对情侣的好朋友，杨步伟写了本《杂记赵家》，书中金岳霖和丽琳的同居生活也很有趣。

有一天，金岳霖打电话给杨步伟，说有要紧的事请她来，还不肯说什么事，只是说非请杨步伟来一趟不可，越快越好，事办好了请吃烤鸭。杨步伟是妇科医生，很八卦地以为丽琳怀孕了，说犯法的事情自己可不能做，金岳霖回答说大约不犯法吧。

杨步伟和赵元任将信将疑到金岳霖家，丽琳来开门，杨步伟还使劲盯着人家的肚子看。进门以后，杨步伟才知道不是人而是鸡的事，金岳霖养了一只鸡，三天了，一个蛋生不下来，杨步伟听了，又好气又好笑，把鸡抓来一看，原来金岳霖经常给它喂鱼肝油，以至于鸡有十八磅重，因此蛋下不来，但已有一半在外面，杨步伟一掏就出来了。

这种小花边，至少说明金岳霖的同居生活还挺愉快。你看，没有林徽因，他活得不也乐颠颠的？为什么非要制造出一个苦闷的情圣呢？

丽琳和金岳霖为什么分手已经不得而知，历史学泰斗何炳棣在《读史阅世六十年》中回忆，二十世纪二十年代，丽琳和"清华哲学系教授金岳霖同居生女而不婚"。

有没有生女儿没法验证，不能乱说，但两人同居多年是当时很多牛人都知道的事实。

金老的晚年，还有一段差点走上红地毯的经历，对象是彭德怀的二姨子、著名记者浦熙修——浦家三姐妹都很有成就，大姐浦洁修是著名化学家，二姐浦熙修曾经是《新民报》采访部主任，三妹浦安修是教育家，且是彭德怀的第二位夫人。

二十世纪五十年代末，民盟组织在京的中央委员学习，学着学着，同组的金岳霖与浦熙修就学出了好感。金岳霖经常邀请浦熙修到家里品尝厨师老王的手艺，两人的感情迅速升温，从两情相悦到谈婚论嫁，一辈子未娶的金老眼看就要走进围城。

就在这个时候，彭德怀在庐山会议上被打倒，在婚姻与政治挂钩的年代，金老不得不慎重考虑，而此时，浦熙修也身患重病，很快便卧床不起。

两人各种错过，最终没有在一起。

这些记载，出自另外一位牛人，罗亦农的夫人李文宜，她写过一篇《回忆金岳霖同志生活轶事》。

也正是这段错过，成就了金岳霖终生未娶的传奇，不然，故事哪儿有那么好看呢？女人最乐意看到的爱情读本，不就是男人临终时还对着她发黄的照片流泪吗？

所以，讲故事很容易，但把故事讲完整就有难度了。

我写这点八卦不是对绯闻感兴趣，也不是"粉丝"崇拜，而是，它让我形成一种思维方式——敬畏人性复杂的真实，一件事情如果看上去好得像假的，那十有八九就是假的。

爱情既没有那么伟大，也没有那么苍白。

即便罗密欧，如果活得够长，也未必把朱丽叶当成唯一。

对于一个故去的牛人，他的成就永远比绯闻更有分量。

对于一个身边的牛人，学到他的本事，远比谈论他的花边更有价值。

没有完美的人，只有真实的人和生活。

愿我们读懂别人的故事，过好自己的人生。

你的朋友：李筱懿

「全文完」

李筱懿

作家，媒体人

2014年7月，开设女性文化生活平台"灵魂有香气的女子"，包括系列图书、公众号、广播、知识产品等，分享女性故事，传递情感能量，陪伴千万读者共同成长。

已出版作品《灵魂有香气的女子》《情商是什么》《气场哪里来》《先谋生，再谋爱》《生活课》等。

连续4届（第10～13届）登上中国作家榜，连续9年（2015～2023）获得"当当影响力作家"称号。

灵魂有香气的女子

作者 _ 李筱懿

产品经理 _ 王宇晴　　装帧设计 _ 朱大锤　　产品总监 _ 熊悦妍

特邀技术编辑 _ 白咏明　　责任印制 _ 梁拥军　　出品人 _ 王誉

鸣谢 (排名不分先后)

一草　何娜　张幸　何月婷　余雷

果麦
www.guomai.cn

以 微 小 的 力 量 推 动 文 明

图书在版编目（CIP）数据

灵魂有香气的女子 / 李筱懿著. -- 广州 ： 花城出
版社，2023.6（2024.3重印）
ISBN 978-7-5360-9989-0

Ⅰ．①灵… Ⅱ．①李… Ⅲ．①随笔－作品集－中国－
当代 Ⅳ．①I267.1

中国国家版本馆CIP数据核字（2023）第099885号

出 版 人：张 懿
责任编辑：李 卉 廖顺瑜
责任校对：李道学
技术编辑：林佳莹
装帧设计：朱大锤
产品经理：王宇晴

书	名	灵魂有香气的女子
		LINGHUN YOU XIANGQI DE NÜZI
出版发行		花城出版社
		（广州市环市东路水荫路 11 号）
经	销	全国新华书店
印	刷	河北鹏润印刷有限公司
		（河北省肃宁县经济开发区宏业路 1 号）
开	本	880 毫米 × 1230 毫米 32 开
印	张	7.75
字	数	171,000 字
版	次	2023 年 6 月第 1 版 2024 年 3 月第 4 次印刷
印	数	17001—22000 册
定	价	69.00 元

如发现印装质量问题，请直接与印刷厂联系调换。
购书热线：020-37604658 37602954
花城出版社网站：http://www.fcph.com.cn